neue frau
herausgegeben von
Angela Praesent

Laurie Colwin

Eine altmodische Liebesgeschichte

und andere sentimentale Stories

Deutsch von
Uta Goridis

rororo
Rowohlt

Die Originalausgabe erschien unter dem Titel
«The lone Pilgrim» bei Alfred A. Knopf, Inc., New York
Umschlagentwurf von Isa Petrikat-Velonis
(Foto der Autorin) Jade Albert
Deutsche Erstausgabe

Veröffentlicht im Rowohlt Taschenbuch Verlag GmbH,
Reinbek bei Hamburg, Dezember 1983

Gesetzt aus der Garamond (Linotron 404)
Gesamtherstellung Clausen & Bosse, Leck
Printed in Germany
680-ISBN 3 499 15282 7

Für
Juris Jurjevics,
Nancy und Jonathan Aldrich
und für
Victoria Wilson

Inhalt

Die einsame Pilgerin

Ich spielte schon in mehreren Familien die Rolle eines Haustiers: freundlich, fröhlich, kinderlieb und, was am wichtigsten ist, mit einem feinen Gefühl für den individuellen Rhythmus eines Haushaltes. Ich füge mich vollkommen ein, ohne mich selbst aufzugeben. Der perfekte Gast ist eine Art Entertainer: Judy Garland, Alfred Hitchcock, Noel Coward. Man weiß, was ein bestimmtes Publikum erwartet – in meinem Fall Zweiergruppen mit Kindern.

Paul und Vera Martin, zum Beispiel, und ihre Kinder, Ben und Violet. Paul und Vera sind beide Juristen. Paul geht an regnerischen Sonntagen angeln, und da Vera nicht gerne Fische ausnimmt, obwohl sie eine sehr gute Köchin ist, wird mir das Messer von Pauls Großvater anvertraut. Ich erledige meine Aufgabe mit chirurgischer Präzision. Vera, die Präzision sehr schätzt, war so beeindruckt von diesem ersten Beweis meiner Geschicklichkeit, daß sie mir den Zutritt zu ihrer Küche gestattete, und seitdem haben wir immer gemeinsam das Essen zubereitet. Ich wußte instinktiv, wo sie ihre Töpfe, ihre Backformen, ihre Schüsseln, ihr Besteck aufbewahrte. Interessiert man sich für Leute, so interessiert man sich auch dafür, wie sie sich einrichten. Diese Art von Verhaltensforschung betreibe ich also.

In Maine besuche ich Christopher und Jean Goodison und

ihren kleinen Sohn Jean Luc. Der Goodisonsche Haushalt weist irreguläre Züge auf, aber er ist mir trotzdem geläufig. Mit ihrem Baby verstehe ich mich prächtig. Wir haben schon einiges gemeinsam erlebt: einen Hagelsturm, den es auf meinen Knien sitzend beobachtete; eine Krabbellektion; einen Nachmittag mit einer kleinen Katze. Ich habe die Erfahrung gemacht, daß man mit Zurückhaltung am meisten erreicht bei Kleinkindern. Nie die Initiative ergreifen. Sich immer gelassen zeigen. Sowenig körperliche Berührung wie nur möglich und keine Versuche, ihre Liebe zu erzwingen. Man kann mit einem Kind zusammen auf einem Sofa sitzen und nichts weiter tun als ab und zu seinen kleinen Fuß drücken, und schon hat man es auf dem Schoß.

Die Goodisons haben keine Bedenken, mir Jean Luc anzuvertrauen, wenn sie ihre Einkäufe erledigen, obwohl sie gewöhnlich – das heißt gewöhnlichen Sterblichen gegenüber – sehr vorsichtig sind, was ihren Sohn anbetrifft. Wenn sie zurückkommen, überrasche ich sie mit einer Lady-Baltimore-Torte. Allein in ihrem Haus, bewundere ich ihren Shakertisch, die kunstvoll verzierten Löffel zwischen den Tortenhebern und Schaufeln, die Strohblumenarrangements in den Kristallglaskrügen.

Und es gibt noch andere: die Hartwells in Boston, die in einer spartanisch eingerichteten Wohnung leben, deren einziger Wandschmuck Entwürfe sind, die mit Stadtplanung zu tun haben. Die rigorosen Mazzinas, die mit mir zelten gehen. Die Jerricks, die sich zum Abendessen umziehen und einem am Sonntagmorgen das Frühstück ans Bett bringen: Kaffee, Toast und eine kleine Vase mit einer Blume.

Meine Freunde schätzen meinen Charme, meinen Witz, meine Manieren und mein unbestreitbares Talent, mich ihrem Alltag anzupassen und trotzdem mein eigenes Leben zu führen.

Der Klebestreifen auf meinem Briefkasten besagt «P. Rice» – Paula Rice, Polly für alle, die sie kennen. Die reisende junge Illustratorin. Die die Bilder malte für *Hector der Held; Das Schwein, das Pneu sagte; Der Fisch mit Federn; Schneewittchen und Rosenrot* und *Die Mir-ist's-egal-Papiere* – alles Kinderbücher. Hundertfünfundsechzig Zentimeter groß, braune Augen, rötliches Haar, lange Beine. Auf dem College spezialisierte ich mich auf französische Literatur des Mittelalters, ich hatte jedoch immer einen Skizzenblock bei mir. Während der Sommerferien beschäftigte ich mich mit Kalligraphie, Buchbinden, der Herstellung von Papier und arbeitete als Lehrling bei der Lafayette Press, bekannt für ihre bibliophilen Ausgaben. Ich bestreite meinen Lebensunterhalt als Illustratorin von Kinderbüchern, aber zu meinem Vergnügen mache ich auch noch Radierungen und Tuschzeichnungen, die ich meinen Freunden zu besonderen Anlässen – Hochzeiten, Jahrestagen, Geburtstagen – verehre.

Daneben bin ich der ideale Gast. Etwas, das mir einfach liegt. Als Illustratorin lernt man gewissenhaft zu arbeiten und einen Sinn für Ordnung zu schätzen, den der andern, nicht den eigenen. Als Gast hat man die Muße, seinen Phantasien nachzuhängen, ohne daß man unter Druck gesetzt wird. Denn schließlich ist man nur Gast, ein Dekorationsstück. Man sieht seine Bestimmung darin, seinen Gastgebern angenehm zu sein. Sich in den Häusern anderer Leute zu tummeln erlaubt einem, seinen Gedanken freien Lauf zu lassen. Von meiner Umgebung inspiriert, gestatte ich mir dieses müßige Ausmalen bestimmter Situationen. Zum Beispiel: ein großer, gelber Mond; die Küche eines alten Hauses in einem Universitätsviertel. Auf dem Fensterbrett ein Glas selbstgekochter Marmelade, ein Topf mit Schnittlauch, ein paar abgeschnittene Efeuranken in einem zersprungenen Krug. Vor dem Ofen schläft ein großer Hund. Und öffnet man das Fenster, so schlägt einem die kühle, klare Oktoberluft entgegen. Ein Apfelstrudel oder ein Brotlaib steckt im Backofen, und sein Duft erwärmt das ganze Haus. Man fragt sich, ob man den letzten Kürbis in Angriff nehmen oder den Korb mit den grünen Tomaten einlegen soll. Im Arbeitszimmer ist der Ehemann über seiner erbaulichen Lektüre eingenickt, dem blau eingebundenen Buch eines Universitätsverlags. Man trägt einen Kordsamtrock, eine elegante Bluse und den Pullover des Ehemanns um die Schultern geschlungen. Eine Frau, die den Wechsel der Jahreszeiten betrachtet.

Oder man besucht die Martins an einem regnerischen Abend. Sie bewohnen zwei Stockwerke in einem viktorianischen Stadthaus, und während man die blanken Kupferformen betrachtet und durch die Bleiglasscheiben in den Regen starrt, hat man das Gefühl, im Frühjahr in England zu sein – in einem kleinen Haus in Devizes etwa oder in Bexhill-on-Sea. Die Kinder sind gerade ins Bett gebracht worden. Man selbst hat gerade eine Biographie Joseph Wrights zu Ende gelesen. Ein Klopfen an der Haustür. Man schreckt hoch. Der Mann ist nicht zu Hause, und draußen ist dichter Nebel. Vor der Tür steht ein früherer Liebhaber, jemand, der einem einmal das Herz gebrochen hat, der auf einer Geschäftsreise in England ist und der einen ausfindig gemacht hat.

In Wirklichkeit lebt man natürlich in einem Apartment in New York. Man arbeitet an einem eichenen Zeichentisch, umgeben von Töpfen mit Pinseln und Zeichenfedern. In den Häusern der andern erweitert man seinen Horizont. Man betrachtet die alte Spodeschale der Martins. Man weiß, daß der Brandfleck auf ihrem Eßtisch – der einzige Makel, den seine glatte Nußbaumoberfläche aufweist – von Pauls Zigarre stammt, die in der Nacht, als Ben geboren wurde, dort liegenblieb. Solche Details geben der Phantasie Nahrung. Ach, das häusliche Glück! Die Teller des Eßservices und die Sahnekännchen, welche Wunder! Man erkennt seine Freunde an ihrem Dekor. Man möchte alles haben. Die Puddingform, die Frau A. von ihrer Mutter hat – man möchte auch so eine und alles, was damit einhergeht: die Familie, die Familientradition, all die Jahre, in denen der Pudding darin zubereitet wurde. Wir häuslichen Sensualisten leben in einem Zustand der Sehnsucht, wie behaglich unser eigenes Domizil auch sein mag.

Man kann nicht gleichzeitig ein guter Gast und verheiratet sein. Als Junggeselle führt man nur das leichte Gepäck der eigenen Persönlichkeit mit sich, von nur einem Paar Hände ausgewählt und eingepackt. Unverheiratete sehen die Ehe zweidimensional. Sie können noch so eng mit einem Paar befreundet sein, das Bild gewinnt für sie keine Tiefenschärfe. Wenn man sich nach Gesellschaft sehnt und keine hat, dann erscheint einem alles sehr verlockend, einschließlich der Klagen, der Streitereien und der Mißverständnisse. Hätte man doch nur jemanden, denkt man, der einem so nahestünde, daß es überhaupt zu Mißverständnissen kommen könnte. Der einem so vertraut wäre, daß man sich mit ihm streiten könnte. Und so bekannt, daß man über ihn klagen könnte. Die Ehe ist ein Zustand, so wie Sauberkeit oder Ordnung. Sie ist eine so sichere Sache wie das Hochzeitssilber auf dem Büffet. Für die Unverheirateten ist die Ehe eine Art Verzierung – so wie die schmalen, unauffälligen Goldringe.

Die pure Romantik. Niemand träumt von trüben Nachmittagen, Verzweiflung, Kopflosigkeit, Chaos und Langweile. Jedenfalls nicht die Unverheirateten – besonders wenn sie die Ehe von der Warte einer zur Genüge genossenen Einsamkeit betrachten. Einsamkeit erlaubt einem den Luxus, sich über die geschlossene, elegante Form, die das Leben der andern aufweist, Gedanken zu machen. Meine Freunde sind beständig, genau wie ich. Doch warum bin ich bei all dieser Beständigkeit ein solcher Einzelgänger? Egal wie ordentlich, wie überlegt und sorgfältig ich alles arrangiere, es ist und bleibt ein Extrakt meiner selbst und keine Verbindung, die meine Person mit einer andern eingeht. Ich habe alles, was zu meiner Bequemlichkeit beiträgt, nur daß es eben ausschließlich für mich da ist.

Mein Leben änderte sich mit dem Erscheinen von Gilbert Seigh. Für Gilbert sind meine besten Arbeiten entstanden: Illustrationen für *Die höfische Liebeskunst* und *Die Gedichte der Marie de France.*

Schon Gilberts Vater, Großvater und Urgroßvater hatten bibliophile Kostbarkeiten verlegt. Nach fünf Jahren Praxis als Rechtsanwalt übernahm Gilbert das Geschäft seines Vaters, dessen Sehkraft immer mehr nachließ. Gilbert war in das Geschäft hineingeboren worden und völlig davon infiziert. Sein Urgroßvater brachte James Fenimore Cooper, Thackeray und Mrs. Scott Courrier-Maynard heraus, eine inzwischen wieder in Vergessenheit geratene Dichterin aus Connecticut. Sein Großvater begeisterte sich für U. S. Grants Memoiren, Washington Irving und die Reden amerikanischer Präsidenten. Gilberts Vater spezialisierte sich auf die Dichter seiner Generation und gab eine kleine Zeitschrift heraus, die *Lampenschein* hieß; außerdem veröffentlichte er zweisprachige Ausgaben mit Gedichten von Rimbaud, Rilke und Christian Morgenstern. Gilberts Liebe gilt den Klassikern, naturkundlichen Werken und Melville. Für dreitausend Dollar kann man die Seigh-Press-Ausgabe von *Billy Budd* erwerben. Für sechstausend die beiden Bände *Wildblumen Nordamerikas.*

Gilbert sieht nicht aus wie jemand, der mit Büchern zu tun hat. Er sieht aus wie der junge Teilhaber eines Autokonzerns: groß, gesund und überschwenglich. Er begeistert sich so sehr, daß seine Brillengläser beschlagen. Ein temperamentvoller Mann mit einem lauten, dröhnenden Lachen. Ich sehe ihn oft vor mir, wie er lachend in dem Ledersessel in seinem Büro sitzt und seine Brillengläser an der Weste seines wollenen Anzugs abwischt. Es macht mir Spaß, ihn zu beobachten, wenn er sich mit seinem Buchbindermeister, einem stolzen Italiener namens Antonio Nello, anlegt, sich mit ihm über die Gestaltung eines Buchrückens streitet. Dieser Zusammenstoß zweier dickköpfiger Perfektionisten provoziert eigensinniges Gebrüll von seiten Gilberts und theatralische Ausfälle von seiten Antonios, und anschließend kommt es dann zu der einzig vernünftigen Lösung.

Ein paar Monate nach unserer ersten Begegnung verliebte ich mich in Gilbert. Paul Martin hatte mich zu ihm geschickt. Gilbert, der bei Paul und Vera zum Abendessen eingeladen gewesen war, hatte erzählt, daß er einen Illustrator suchte und keinen finden könnte, der ihm gefiel. Er war schon in Dutzenden von Galerien, Museen und Agenturen gewesen. Hatte sich Hunderte von illustrierten Büchern angeschaut. Paul zeigte ihm daraufhin eine Zeichnung, die ich zur Feier von Violets Geburt gemacht hatte: Sie zeigt ein einfaches kleines Mädchen in einem Feld von lavendelfarbenen und violetten Blumen. Gilbert fragte, ob der Künstler noch am Leben sei. Er habe seit Arthur Rackham nichts Besseres gesehen. Vera hatte auch gleich Exemplare von *Der Fisch mit Federn* und *Schneewittchen und Rosenrot* zur Hand. Auf diese Weise trafen sich also an einem regnerischen Vormittag Gilbert Seigh und die junge Illustratorin. Er inspizierte meine Mappe, und da nichts auf dem Spiel stand, fühlte ich mich frei, ihn nicht zu mögen. Ich hatte den

Eindruck, daß er meine Arbeiten nicht ernst nahm. Und daß mich die Martins einfach mit einem Mann zusammenbringen wollten, der noch frei war und einen ähnlichen Geschmack hatte wie ich. Er klappte die Mappe zu und fing an vergnügt vor sich hinzusummen; spätestens da hielt ich ihn für einen kompletten Idioten.
Er sang: «Mein Herz singt wie ein Vöglein klein.»
Meine Reaktionen waren inzwischen von geballter Heftigkeit. Ich hielt ihn für arrogant, unverschämt, angeberisch und abstoßend exzentrisch. Ich nahm die Mappe an mich und band die Bänder zu.
Ich sagte: «Vielen Dank für Ihr Interesse» und wollte mich auf den Weg machen.
«Oh, warten Sie doch», sagte er. «Ich habe Sie verärgert. Das tut mir schrecklich leid. Sie glauben, ich hätte mir Ihre Arbeiten nicht gründlich genug angeschaut, aber ich kenne sie schon. Vera hat mir Ihre Bücher gezeigt und das Bild, das Sie für Violet gemacht haben. Ich benehme mich wie ein Idiot, weil ich Ihre Sachen so gut finde. Nur weil ich ein Brett vorm Kopf habe, sage ich Ihnen nichts dazu. Sie sind die Illustratorin, die ich suche. Bitte setzen Sie sich.»
Ich setzte mich. Ich hielt ihn für total übergeschnappt. Dann beschrieb er das Projekt, das er sich vorgenommen hatte: eine Edition von Andreas Capellanus' *Die Kunst höfischer Liebe*. Ich erzählte ihm, daß ich mittelalterliche Literatur studiert habe. Er glühte vor Begeisterung und wischte seine Brille trocken. Auch wenn er mir immer noch ziemlich überspannt vorkam – mit schönen Büchern kannte er sich aus.
So fing es also an. Ich ging nach Hause, beendete meinen letzten Auftrag und begann dann für Gilbert Seigh meine besten Arbeiten zu produzieren.
Wir arbeiteten einfach prächtig zusammen. Das ideale Ge-

spann. Er lud mich häufig zum Mittagessen ein, und niemals, auch nicht versehentlich, streifte sein Ärmel meinen Arm. Es hieß, er wäre mit einer Rechtsanwältin befreundet, die seit seiner Scheidung mehr oder weniger zu einer Konstanten in seinem Leben geworden war. Gilbert wurde also der Mann meiner Träume. Er ging mir ständig im Kopf herum. Eine Verliebtheit, die all diese Dinge nach sich zog, mit denen ich schon rechnete: ein Gefühl der Sehnsucht; etwas, was ich mir im Kopf herumgehen lassen konnte, und diese klare, leicht manische Sehweise, die unerwiderte Liebe mit sich bringt. Jeder Strich war in gewisser Weise ihm gewidmet. Das Aussuchen der Typographie, das Durchblättern von Papiermustern, das Planen und Entwerfen, das gemeinsame Durchschauen der Fahnen, all das berauschte und entzückte mich. Wenn das nicht Liebe war, was dann?

Nun, das kann ich gleich beantworten. Ich hatte vor drei Jahren eine unglückliche Liebe erlebt, und sie verfolgte mich immer noch. Der Betreffende war ein Astronom namens Jacob Bailey. Irgendwo am Firmament befindet sich eine Galaxie, die nach ihm benannt wurde. Man kann sie nur durch das Teleskop einer Sternwarte sehen – er zeigte sie mir einmal in einer Sternwarte in Vermont. Wahrscheinlich werde ich sie nie wieder sehen. Ich traf Jacob im Zusammenhang mit meiner Arbeit – ich hielt es für angebracht, die Leute kennenzulernen, mit denen ich zu tun haben würde. Ich illustrierte ein Kinderbuch über Kepler, und Jacob überprüfte Text und Bilder, ob sie auch stimmten. Es war Liebe auf den ersten Blick – heiß, heftig, überwältigend und zum Scheitern verurteilt. Als es soweit war und wir uns trennten, waren die Verwirrung und Verzweiflung groß. Jacob wollte ein großes Ereignis – etwas Unvergeßliches, nicht etwas, mit dem man leben konnte. Ich wollte etwas, mit dem ich leben konnte. Eine Affäre mit einem so aufregenden Start wie ein Grand-Prix-Rennen nimmt gewöhnlich ihren vorgeschriebenen Lauf und kommt dann wieder zu einem Halt. Als die Rice-und-Bailey-Show zu Ende war, begann für mich eine Art Trauerzeit. Ich hatte das Gefühl, daß diese Liebe mich verändert hatte, und sie hatte mich auch verändert, aber mein Leben blieb dasselbe. Ich arbeitete mit einer mir vollkommen neuen Tiefe und trug Jacob wie ein Geheimnis in meinem Herzen mit mir herum.

Eine Liebe, die so beginnt, ist wie eine Krankheit, und man kann verstehen, warum die Dichter des neunzehnten Jahrhunderts das Gefühl hatten, vor Liebe krank zu sein oder daran sterben zu müssen. Geschiedene Paare haben die Freuden des Ehelebens häufig als Mühsal in Erinnerung; nach einer Affäre tritt jedoch gerade das Gegenteil ein. Da Ehen endgültig sind und Affären ein offenes Ende haben, denkt man eher an das, was hätte sein können, als an das, was war. Ich erinnerte mich auch nur an Jacobs hinreißendes Lachen und nicht an seine sadistischen Züge. Ich erinnerte mich an die Ähnlichkeit, die er in meinen Augen mit einem Engel hatte und nicht an seine ziemlich häufigen Gemeinheiten und deren Auswirkungen. Aber welchen Unterschied macht das schon? Ich erinnerte mich. Mein Leben – mein Innenleben – bestand nur noch aus diesen Träumereien, und es hätte mich nicht gewundert, wenn ich in einem dieser Zustände einen kleinen Schrein für Jacob Bailey geschaffen hätte: sein Foto, mein Buch über Kepler, einen Parkschein vom Zoo in der Bronx, die kleinen Perlenohrringe, die er mir geschenkt hatte. Die Vorstellung von engagierter, gefestigter Liebe erscheint einem Romantiker so fern wie der Mond.

Gilberts musikalischer Geschmack ist der eines Intellektuellen ohne jedes Gehör. Er geht in die Oper. Er mag Mozart. Er hört zu, entwickelt ein abstraktes Interesse; Musik ist für ihn jedoch einfach ein Vergnügen unter vielen, keineswegs ein Bedürfnis. Eine kultivierte Geräuschkulisse, wie das Klirren der Gläser während eines teuren Mahles in einem Restaurant. Was mich betrifft – ich kann vorzüglich mitsummen, aber meine Reaktionen sind kaum als kultiviert zu bezeichnen. Musik ist für mich kein Vergnügen, sondern etwas, nach dem ich mich verzehre, was ich haben muß. Entdecke ich etwas, was ich mag, so spiele ich es immer und immer wieder. Dann kann ich auch im Bus sitzen und ein Brahms-Quartett oder irgendeinen von den tausend Rock-and-Roll-Songs, die ich mag, in meinem Kopf abspielen lassen. Musik wird Vordergrund oder Landschaftsgestaltung. Sie verschärft oder ergänzt meine jeweilige Stimmung. An stürmischen Abenden gehe ich gern nach Hause, zünde ein Feuer an und lege Boccherini auf, nur so zum Aufwärmen. Bis ich mich an meinen Arbeitstisch setze, ergreift jedoch schon wieder eine andere Stimmung von mir Besitz. Als meine beste Zeichnung für *Die Kunst der höfischen Liebe* entstand, sangen die Everly Brothers «Schlaflose Nächte». Und als das keine Wirkung mehr hatte, versuchte ich es mit Jerry Lee Lewis' «Another Place, Another Time». Nach ein paar Stunden Arbeit heule ich mich gerne zu dem Harfenquartett aus.

Die Sache ist wohl die, daß Musik einem immer zur Verfügung steht. Sie inspiriert einen zu allem möglichen, ohne daß man das Haus zu verlassen braucht. Ich kann lange Augenblicke mit Jacob Bailey wiederauferstehen lassen – ich brauche nur die Musik aufzulegen, die ich mir anhörte, wenn er da war, oder zu der ich weinte, wenn er nicht da war. Sie bringt die Vergangenheit zurück, und will man einen bestimmten Augenblick seines Lebens herauspicken, dann kann man sich sagen: «Das war damals, als ‹He's a Rebel› von den Crystals ein Hit war oder als ich aus dem Dietrich-Fischer-Dieskau-Konzert kam.» Diese Art von Fanatismus geht einher mit Zurückgezogenheit und ist eine große Hilfe für gefühlsbetonte Menschen, die sehr abgekapselt leben, ein Schlüssel zur Vergangenheit, Inspiration.

Gilbert und ich arbeiteten ein Jahr lang an der *Höfischen Liebe*, und als sie dann in Druck ging, nahmen wir die *Gedichte der Marie de France* in Angriff. Diese Gedichte, die zum Scheitern verurteilte Liebe zum Gegenstand haben, ließen mich häufig an Jacob Bailey denken. Es kam vor, daß ich meine Arbeit liegenließ und den Kopf zum Fenster hinausstreckte in dem vergeblichen Versuch, Baileys Sternbild zu lokalisieren. Ich arbeitete zu einer Platte mit Country-Balladen. Mein Lieblingslied war «Der einsame Pilger». Ein Mann kommt zu der Stätte, wo der einsame Pilger begraben liegt und hört jemanden seinen Namen rufen. Es ist der Pilger, der seine Geschichte erzählt. Fern von seiner Heimat, fern von seinen Lieben, wurde er krank und starb. Ich spielte immer wieder diese eine Strophe:

O tell my companion and children
most dear
To weep not for me now I'm gone
The same hand that led me
through scenes most severe
Has kindly assisted me home.

(Sag meiner Frau, sag meinen Kindern, den geliebten,
Nicht weinen sollen sie um den Verblichenen.
Die Hand, die mich führte durch Mühsal und Not,
hat mich freundlich heimgeleitet.)

Da Jacob Bailey mir sowieso im Kopf herumging, stimmte mich dieses Lied besonders wehmütig. Ich wußte, daß er auf einer Expedition in Grönland war, mutterseelenallein. Ich dachte an die Mühsal und Not, die er wohl durchmachte, und die Hand, die ihn heimführen könnte: die meine.
An manchen Tagen dachte ich, ich hätte ihn auf der Straße vorbeigehen sehen. Mein Herz klopfte wie wild; ich glaubte, er wäre zu mir zurückgekommen. Es war jedoch nie Jacob. Am liebsten hätte ich den Mann, den ich für Jacob hielt, geschüttelt – so lange, bis er Jacob geworden wäre. Und manchmal fand ich es einfach unfaßbar, daß die Verbindung zwischen uns abgebrochen war. Das war doch wohl Liebe, oder etwa nicht?

Die ganze Zeit hindurch blieb ich natürlich auch in Gilbert verliebt. Was ich für ein Strohfeuer gehalten hatte, war zu einer echten Zuneigung geworden. Während dieses Jahres, das wir der *Kunst der höfischen Liebe* widmeten, hatte ich genügend Zeit, seinen Charakter zu beurteilen.
Der größte Einwand, den man gegen ihn erheben konnte, war, daß er zu Absencen neigte. Wenn man ihn in diesem Zustand ansprach, ließ er sich sehr viel Zeit mit seiner Antwort, und man konnte ihn leicht für unhöflich halten. Ein Zeichen seiner Konzentration waren all die Papiere, die seinen Schreibtisch bedeckten und die seine Sekretärin Vermutungen darüber anstellen ließ, wie es wohl bei ihm zu Hause aussah. Zu Hause sah es chaotisch aus, wenn er andere Dinge im Kopf hatte. Das Bett war nicht gemacht, Kleider häuften sich auf seinem Bett und nahmen die Form eines afrikanischen Termitenhügels an. Post, Zeitungen, Bücher und Kataloge stapelten sich auf seinem Schreibtisch, auf seinem Kaffeetisch und in der Küche.
Aber das Ergebnis seiner Absencen war Perfektion. Gil-

berts Bücher waren mehr als schön, sie waren edel. Seine Energie war unerschöpflich, und er widmete sich den Menschen mit der gleichen Liebe zum Detail wie seinen Büchern. Gilbert lernte auch mich kennen. Er wußte, wann ich erschöpft war oder wann ich mit einer Zeichnung nicht weiterkam und nicht mehr sehen konnte, welche Gestalt sie annehmen würde. Er wußte, wie er mich zum Lachen bringen konnte und was ich am liebsten aß. Er gewöhnte es sich an, mich am Ende eines Tages mit einer Tasse heißen Tees zu beglücken, und er erinnerte sich an Dinge, die ich ihm erzählte. Ganz zu Anfang unserer Zusammenarbeit beschrieb ich ihm einmal einen Teller, den ich in einem Antiquitätengeschäft gesehen hatte und den ich mir sehnlichst wünschte. Ich wollte eine bestimmte Sache illustrieren; wir hatten über Ungeduld gesprochen, über die Weisheit, zum Beweis von Willensstärke auf greifbare Vergnügungen zu verzichten. Auf den Tag genau ein Jahr nachdem die *Höfische Liebe* in Druck gegangen war, überreichte mir Gilbert einen Verwandten zweiten Grades dieses Tellers, den ich mir gewünscht hatte, dunkelblaues Staffordshire mit blumenverziertem Rand.

In einem Wort, er war wie ich. Wenn er nicht gerade seine Absencen hatte, war seine Behausung tipptopp und strahlte wohlige Häuslichkeit aus. Er kaufte Blumen, wenn er Gäste zum Abendessen erwartete. Und es machte ihm Vergnügen, lange Zeit bei Tisch zu verweilen. Ich meinerseits wußte, was ihn aufheiterte, wenn er mißmutig und niedergeschlagen war. Ich wußte, daß er Rhabarberkuchen liebte, und sorgte dafür, daß der erste Rhabarber des Jahres in seiner Küche landete. Das Beste an der ganzen Sache war jedoch, daß wir uns bei unserer Arbeit so harmonisch ergänzten.

An dem Abend, als wir die fertige Ausgabe von *Höfische Liebe* vor uns hatten, feierten wir das Ereignis mit einem

Dinner und leerten zwei Flaschen Champagner. Gilbert begleitete mich nach Hause, und unterwegs hielt er dann plötzlich an, nahm mich zu meiner Überraschung in die Arme und küßte mich. Ich war ausgelassen und betrunken, aber nicht so betrunken, daß ich nicht wußte, wie es um mich stand. Er hatte nie auch nur mit seinem Ärmel meinen Arm gestreift, und hier standen wir nun, mitten auf einer leeren Straße, engumschlungen.
Als er mich losließ, fragte ich: «Willst du mich nicht noch einmal küssen?»
«Manchmal arbeitet man so eng mit Leuten zusammen und gewöhnt sich so daran, daß man gar nicht mehr einschätzen kann, was sie empfinden», sagte Gilbert.
In meiner Wohnung erzählte er mir, was er empfand, und ich erzählte ihm, was ich empfand. Dann feierten wir unsere erste gemeinsame Nacht.

Der einsame Geist sinnt gern über die Leiden verflossener Liebe nach. Ist man ganz allein, so bewirkt es gewisse Reaktionen, eine Art Übung, um die Muskeln geschmeidig zu erhalten.
Ich wußte, daß Gilbert sich in mich verliebte. Ich beobachtete es. Und Gilbert wußte, daß ich mich in ihn verliebte. Wir dachten, wir wären füreinander bestimmt, aber tatsächlich war es wohl eher so, daß wir uns an unser Glück in der Liebe gewöhnten. Es passiert nicht so häufig, daß sich die Richtigen finden. Mein Verliebtsein ging mit dem Gefühl einher, auch das Richtige zu tun, einem Gefühl, das ich noch nie zuvor gehabt hatte, und wir beschlossen, innerhalb des nächsten Jahres zu heiraten.
Arbeitete ich jedoch allein in meiner Wohnung, so verzehrte ich mich nach Jacob Bailey. Dieses Verlangen war so schmerzhaft wie wirkliche Schmerzen. Ich vergeudete viele

Bogen mit angefangenen Briefen an ihn, die ich dann wieder zerriß. Wenn das Ziel der Wünsche so zum Greifen nahe ist, was bleibt da noch zu tun, als sich zu sträuben?
Ich sah meinen eichenen Schreibtisch neben Gilberts chinesischer Lampe, meine Bücher neben den seinen, meine Kleider neben den seinen im Schrank. Alle meine Bekannten lebten als Paare, nur ich nicht. Ich hatte mich immer nur verliebt – und Liebe war etwas, worüber man eines Tages in seinen vier Wänden weinte. Was fing man mit einer Liebe an, die nicht endete? Die nicht mehr nur aus Romantik bestand, sondern zu etwas Ernsthafterem geworden war?
Man kann sich an den Zustand der Sehnsucht gewöhnen. Man braucht nur eine Zeitlang damit zu leben, und er wird zu einem Teil der Einrichtung – eine Katze, die man meistens überhaupt nicht bemerkt, die sich nur während der Mahlzeiten an einen schmiegt oder nachts an das Fußende des Betts geschlichen kommt. Wenn man verheiratet ist, kann man sich nicht mehr ausmalen, wie es wäre, verheiratet zu sein. Einmal mit Gilbert verheiratet, wonach könnte ich mich dann noch sehnen? Ich würde mich nicht einmal mehr nach ihm sehnen können.
Weh denen, deren Sehnsüchte sich erfüllen. Erfüllung hinterläßt ein Loch an der Stelle, wo sich das alte Selbst befand, dieses Selbst, das schmachtet, vor sich hinbrütet und nachdenkt. Man vergnügt sich damit, in Gedanken das Haus seiner Träume zu möblieren, aber wie schockierend, wie endgültig, wenn dieses Traumhaus zur eigenen Adresse geworden ist. Was bleibt einem noch? Umgeben von all den Dingen, die man sich gewünscht hatte, fühlt man sich irgendwie amputiert. Die Gefühle, mit denen man sich herumzuschlagen pflegte, zählen nicht mehr. Für dieses jugendliche, schwindelerregende Gefühl, das so beißend wie Hunger sein kann, hat man keine Verwendung mehr.

Man sehnt sich nach jemandem, den man lieben kann. Man findet ihn. Man verzehrt sich nach ihm. Und plötzlich entdeckt man, daß man auch geliebt wird. Man heiratet. Und vorher zählt man noch all die Tage, die man in den Küchen der andern verbracht hatte, zu Gast bei ihren Abendgesellschaften oder damit beschäftigt, ihre Kinder ins Bett zu bringen. Man sonnte sich in einer Häuslichkeit, die man sich nicht selbst zu verdanken hatte, für die man den andern dankbar war. Der einsame Pilger ist bei den Abendgesellschaften der andern anwesend, nimmt teil, genießt es und fährt dann allein mit dem Taxi nach Hause.

Tage des Suchens – des Suchens nach dem eigenen Lebensstil, eines Suchens, das nun zu Ende ist. Man ist im Besitz dieses Glückes, das man sich ausmalte. Und deshalb verliert man auch seine alten Bezugspunkte. Auf der einen Seite steht das Glück, auf der andern die Vergangenheit – das Selbst, mit dem man vertraut war, als man noch allein durchs Leben ging, seine eigenen Erfahrungen machte. In dem Augenblick, in dem man sich bindet, verändert sich alles, und der Rest des Lebens liegt wie ein dunkler Wald vor einem, auf einem Grundstück, das man erst kürzlich erworben hat. Es gehört einem, aber man hat immer noch Angst, es zu betreten; man fragt sich, was man wohl vorfindet: eine kleine Kapelle, einen Birkenhain, Wölfe, Schlangen, das Allerschlimmste, was man sich vorstellen kann oder das Allerbeste. Man macht einen zaghaften Schritt und bemerkt, daß man nicht allein ist. Man ergreift jemandes Hand – Gilbert Seighs – und kämpft sich durch die Dunkelheit, um wieder klar sehen zu können.

Ein unfertiger Liebhaber

Als Jane Mayer Cordy Spaacks begegnete, befand sie sich in jener Phase des Lebens, in der alles möglich erscheint. Sie war voller Energie und Optimismus. Die Fenster ihrer Wohnung gingen auf eine hübsche Straße. Sie unterrichtete zum erstenmal in ihrem Leben, und ihre Studenten hatten sie sofort gemocht. Das Gesicht, das ihr aus dem Spiegel entgegenblickte, war mehr als nur zuversichtlich – es war bereit. Sie fühlte sich wie ein Sportler in Hochform. Ihr Leben hatte eine Gestalt angenommen, die ihr vollkommen behagte, und die Umstände, in denen sie sich befand, erfüllten sie mit Glück. Sie war reif für die Liebe.

Sie traf Cordy bei der Teestunde der Fakultät. Diese Teestunde war eine Einrichtung der Abteilung für Geisteswissenschaften, an der Jane englische Literatur unterrichtete. Cordy war Naturwissenschaftler, aber die Teestunde der Geisteswissenschaftler war berühmt für ihre ausgezeichneten, wenn auch sehr kleinen Sandwiches, und Cordy schätzte eine kostenlose Mahlzeit, wo immer er sie finden konnte. Jeden Donnerstag schlenderte er zu dem Klubraum, in dem die Teestunde stattfand, Gast eines Kollegen von der französischen Abteilung. Dieser Kollege, der zu der Sorte gutmütiger Narren gehörte, denen man bei Campus-Aufführungen, die St. Valentin zum Thema haben, die

Rolle des Cupido zuteilt, hatte Janes Bekanntschaft gemacht, als sie noch ganz neu an der Universität war. Er wußte außerdem, daß Cordy ohne Anhang war, und da für ihn Jane und Cordy zu den attraktivsten Menschen gehörten, die ihm je begegnet waren, fühlte er sich verpflichtet, sie zusammenzubringen. Er wußte, daß Cordy geschieden war. Er wußte jedoch nicht, daß Cordy die letzten vier Monate seiner unglücklichen vierjährigen Ehe in beinahe vollständigem Stillschweigen verbracht hatte oder daß die Verantwortung für den Fehlschlag, der diese Ehe war, zum großen Teil Cordy trug, der ein leicht übergeschnapptes Mädchen geheiratet hatte und im weiteren Verlauf sich dafür an ihr rächte. Solche Informationen fallen den Amateuren unter den Heiratsvermittlern gewöhnlich nicht in die Hände, und die Geste, mit der er Cordy zu Jane hinüberführte, hatte etwas Großartiges an sich.

Jane hatte gerade eine Vorlesung über Charlotte Brontë hinter sich und hatte deutlich Appetit. Sie hatte bereits einen Teller mit den berühmten Sandwiches neben sich stehen, als sie einander vorgestellt wurden. Der wohlwollende Kollege zog sich strahlend zurück und gab Cordy die Gelegenheit, Jane beim Verschlingen von sieben dieser Sandwiches zuzusehen, die sie mit einer Tasse lauwarmen Tees herunterspülte.

«Sind Sie in jeder Hinsicht so heißhungrig?» fragte Cordy.

«Ja», sagte Jane. «Ist das nicht jeder?»

So führten sie sich also ein und hätten viel daraus schließen können, wären sie etwas aufmerksamer gewesen. Dieser kurze Wortwechsel erfüllte die Funktion von zwei Programmverlautbarungen, und keiner hätte dem noch ein Wort hinzufügen müssen. Statt dessen dachte Jane, daß einem zu Cordys Person das Wort «gewinnend» in den Sinn komme. Er zeichnete sich durch ein echtes Grinsen, ein leicht manisches Gekicher und einen sehr schönen Mund aus. Außerdem war er eindeutig gescheit – sie erkannte das sofort. Cordy sah, daß Jane nußbraune Haare und grüne Augen hatte und daß sie eine einzigartige Mischung aus Eleganz und Intelligenz darstellte. Sie zogen sich in eine Ecke zurück, um sich zu unterhalten, eine Unterhaltung, bei der sie ein wahres Feuerwerk losließen. Sie waren sich sofort über alles einig. Jane fühlte ihre besten Seiten zutage treten – Charme, Leidenschaftlichkeit und Originalität. Das Schicksal hatte ihr den perfekten Partner beschert. Sie konnte aus Cordys braunen Augen den Eindruck ablesen, den sie auf ihn machte. Cordy, der vor seiner Heirat in vielen höheren Bildungsanstalten unseres Landes Herzen gebrochen hatte, war hingerissen. Nach ein paar Tagen mit mehreren solchen Treffen in anderer Umgebung und einem spektakulären Kuß, den Cordy dadurch in die Wege leitete, daß er das Band aus Janes Haar nahm, waren sie unzertrennlich geworden. Jede Nacht fand man sie in der Bibliothek, die Stühle zusammengerückt. Und unter dem Tisch – wäre man darunter gekrochen – hätte man Janes unbeschuhten Fuß auf Cordys Socke ruhen sehen können.

Wie das bei beginnenden Romanzen so üblich ist, tauschten Cordy und Jane redigierte Fassungen ihrer Lebensgeschichte aus. Jane erfuhr, daß Cordy ein reicher Mann war. Sein vollständiger Name war Arthur Corthauld Spaacks. Jeder in seiner Familie besaß einen Kosenamen, einen Spitznamen oder sonst eine Entstellung des Namens, der auf der Geburtsurkunde stand. Seine Mutter Constance war Contie. Sein Vater, Corthauld, Hallie. Sein Bruder Christian ganz schlicht Chris, während seine Schwester Mercia von allen Mäuschen genannt wurde.

Jane erfuhr, daß Cordy ein Mädchen namens Lizzie Meriweather geheiratet hatte und daß ein Kind, Charlie genannt,

aus dieser Verbindung hervorgegangen war. Wenn er auf seine Heirat zu sprechen kam, machte Cordy einen ratlosen Eindruck. Es hätte einfach nicht geklappt, meinte er. Jane wußte, daß seine Scheidung noch nicht lange zurücklag und daß Geschiedene immer ratlos waren. Jane kam also auf seine Familie zu sprechen und fragte ihn, wie er mit seiner Familie und seinen Geschwistern zurechtkäme. Um diesen Punkt zu illustrieren, beschrieb Cordy das letzte große Treffen der Spaacks-Familie. Alle waren zu diesem Zeitpunkt verheiratet gewesen. Cordy mit Lizzie, Mäuschen mit Bobby La Vallet, dem nichtsnutzigen Erben eines Rennstalls, und Chris mit einer Kanadierin namens Valerie Slowden. Von den drei Spaacks-Kindern war Chris inzwischen der einzige, der seinen Familienstand beibehalten hatte.
Die Eltern Spaacks verfügten über drei Wohnsitze: ein pied-à-terre in Manhattan; das Familiengut in Furnall, Connecticut, und ein Sommerhaus in Salt Harbor. An einem Wochenende über Ostern hatte sich die ganze Familie in Salt Harbor eingefunden. Es wurde der Schauplatz erbitterter Kämpfe. Cordy und Lizzie kabbelten sich, wenn sie überhaupt miteinander sprachen, auf ihrem Zimmer. Cordy befehdete sich mit seinem Vater, beide fluchten halblaut über Mäuschens Verhalten, krampfhaft bemüht, einer offenen Auseinandersetzung aus dem Weg zu gehen. Und kaum hatte man Mäuschen von ihrer Mutter abgelenkt, so legte sie sich mit ihrem Vater an. Mäuschen und Bobby waren dauernd auf der Suche nach einem Ort, an dem sie unbeobachtet Haschisch rauchen konnten. Dem Haschisch war es auch zu verdanken, daß sie überhaupt nicht bemerkten, wie wenig sie sich im Grunde zu sagen hatten. Ihr Sohn, Klein Quentie, wurde von seinem Cousin Charlie umgerannt und verletzte sich an der Lippe. Er brüllte wie am Spieß, und Charlie stieß gellende Schreie aus.

Chris und Valerie hatten keine Kinder, und sie stritten sich auch nie. Sie hatten ihr Lieblingstier, einen Basset-Jagdhund namens Tea, nach Salt Harbor mitgebracht. Tea kotzte überall, an den zugänglichsten und unzugänglichsten Orten im Haus, aber die Seeluft schien ihr zu bekommen. Beim Abendessen wurden Chris und Valerie wegen ihrer Kinderlosigkeit in Verlegenheit gebracht. Alle mißbilligten das. Sie saßen da und schwiegen und beobachteten, wie um sie herum die Ehen in die Brüche gingen.

Lizzie kauerte unterdessen am Strand. Sie hatte sich Bobby und Mäuschen angeschlossen und verbrachte jede freie Minute dieses Wochenendes in völlig bekifftem Zustand, bewirkt durch eine Cannabissorte namens Durban Gift, die sich Bobby von einem südafrikanischen Bekannten besorgt hatte.

Dieses Fehlen jeglicher Harmonie war nichts Außergewöhnliches. Es war in der Tat der Normalzustand für alle Beteiligten. Wenn Chris Cordy einen Börsentip gab und Cordy Chris' Autoradio reparierte, so kam das schon einem Beweis echter Zuneigung gleich. Das Essen am Ostersonntag bildete den Höhepunkt dieses Wochenendes. Die Spaacks-Eltern präsidierten, tranchierten die zähen, sehnigen Enten, lächelten das matte Lächeln frisch ermordeter Leichen.

Jane hörte sich diese Schilderung mit echter Betroffenheit an. Wie schrecklich, daß Cordys Eltern nicht so nett und warmherzig waren wie die ihren. Ihre liebevollen, in ihre Kinder vernarrten Eltern gingen an ihrem Geburtstag mit ihr in die Oper. Cordy mußte erlöst werden, und ihrer Liebe, dachte Jane, würde das bestimmt gelingen.

Es war Janes Wohnung, die ihm ihre Person enthüllte. Sie war klein, aber vollgestopft mit Gegenständen: Aquarellen, Familienfotos in Samtrahmen, Teekannen, Wasserkrügen und prachtvollen Tellern. Als Cordy sie bei seinem ersten Besuch inspizierte, fragte er: «Wie kannst du hier nur arbeiten?»

Seine eigene Wohnung war so gut wie leer. Was er besaß, hatte er entweder übernommen oder sich bei der Heilsarmee besorgt. Die Familie der Mayers bestand aus ziemlich verwässerten niederländischen und deutschen Juden, die einmal sehr viel Geld besessen hatten. Nun besaßen sie Gegenstände. Perserteppiche, englisches Silber, Limoges-Teller und Meißner Suppenterrinen. Von Cordy lernte Jane diese, für das Großbürgertum so wertvolle Lektion: daß manche Leute einfach nur Geld besitzen und sonst beinahe nichts.

Jane bat Cordy zu Tisch, es war die erste von all ihren selbstgekochten Mahlzeiten. Sie hatte ein Omelett gemacht, ein ganz einfaches, mit Käse und Schnittlauch. Cordy schien völlig überwältigt zu sein. Noch nie habe er ein solches Omelett gegessen, nicht einmal in Frankreich, meinte er.

«Wo hast du das nur gelernt, so zu kochen?» fragte er staunend. «Wenn ich mir Eier mache, liegen sie mir den ganzen Tag im Magen. Deine gehen direkt in die Blutbahn über.»

«Was machst du denn mit deinen Eiern?»

«Nun, ich stehe auf, gieße etwas Maisöl in die Pfanne, und zünde das Gas an. Dann dusche ich, rasiere mich und ziehe mich an. Bis ich zurückkomme, hat die Pfanne die Temperatur eines Hochofens. Ich schlage die Eier schaumig und werfe ein paar Gewürze rein ...»

«Was für Gewürze?»

«Irgendwelches Zeug, das ich in der Wohnung vorgefunden habe, als ich einzog. Meine Vorgänger haben es hinterlassen. Kerbel, Salbei. Gibt es so etwas, was Kurkuma

heißt? Dann gieße ich die Eier in die Pfanne, und sie verwandeln sich sofort in eine Asbestplatte.»
«Es ist ganz einfach, keine solchen Eier zu machen», sagte Jane. «Ich kann dir das in einer Sekunde beibringen.»
«Ich habe keine Zeit, mir über das Essen Gedanken zu machen», sagte Cordy. «Außerdem hat sich noch nie jemand bereit erklärt, mir etwas beizubringen. Wenn ich mich an deine Eier gewöhne, gewöhne ich mich vielleicht an Gott weiß was noch alles, und das Resultat wäre, daß ich nur noch ein bequemes Leben führe und keine anständige Arbeit mehr leiste. Außerdem könnte ich dich dann nicht mehr bitten, für mich zu kochen. Kann ich mir noch etwas nehmen?»
Die Arbeit, auf die Cordy anspielte, war seine Dissertation. Er hatte seit mehreren Jahren an Forschungsprojekten mitgearbeitet und fand, er sei dabei ins Hintertreffen geraten: Dozenten, die um einiges jünger waren als Cordy, hatten schon ihren Doktor. Er meinte, ihm stünde das auch zu. Seine Dissertation lag auf seinem Schreibtisch herum – schon seit geraumer Zeit.
Jane hatte den Verdacht, daß sie nur ein neuer Vorwand war, um die Arbeit daran aufzuschieben, und daß es auch keine so große Rolle spielte, wann sie fertig werden würde, da er in seiner Abteilung sowieso als eines der jungen Genies galt. Sie schrieb selbst an ihrer Dissertation, und ihre Affäre mit Cordy hinderte sie nicht im geringsten dran. Im Gegenteil, sie hatte den Eindruck, besser als je voranzukommen. Nach dem Abendessen saß sie mit ihren Büchern am Küchentisch, während sich Cordy mit den seinen auf der Couch ausbreitete; er behauptete zwar, ihre Wohnung würde ihn ablenken, aber gleichzeitig beteuerte er auch, er lasse sich gerne ablenken. Er sei noch nie so glücklich gewesen, meinte er.
Jane benutzte eine Lavendelseife, die Cordy äußerst angenehm fand. Einmal steckte sie ihm ein Stück davon in seine

Aktentasche, und als Cordy es entdeckte, bekamen seine Augen einen feuchten Schimmer.
«Mir hat noch nie jemand etwas geschenkt», sagte er. Das Beben in seiner Stimme war so überzeugend, daß Jane sich nicht sagte: «Dieser Typ hat doch sein Aktienvermögen. Und er hat noch nie etwas geschenkt bekommen – wie meint er das?» Sie glaubte es. Glaubte, daß er bisher nur zu bestimmten Anlässen etwas geschenkt bekommen hatte, nicht spontan, nur weil ihn jemand mochte. Sie glaubte. Hier war ein Mann, der zu kurz gekommen war, und nichts ist so unwiderstehlich für eine großzügige Frau wie ein zu kurz gekommener Mann.
Bevor er Jane kennengelernt hatte – Jane, die Olivenöl für ihre Salate verwandte, wie er immer wieder staunend bemerkte –, ernährte sich Cordy von Pulverkaffee, Milchpulver und Kartoffelpüree aus der Tüte. Er hatte sich an das Essen in Kantinen gewöhnt und behauptete, eine Vorliebe für Speisen zu haben, die schon seit Tagen im Wasserbad warmgehalten wurden. Jane hatte bis zu diesem Zeitpunkt geglaubt, daß nur arme Leute, die sich nichts anderes leisten konnten, solche Essensgewohnheiten hatten, aber dann besaß Cordy, der sich in seinen Dreißigern befand, noch einige Kleidungsstücke, die er schon während der Schulzeit getragen hatte, und beinahe alle aus seiner College-Zeit. Er schien mit William Penn der Meinung zu sein, daß Kleider einfach nur warm zu halten und sauber zu sein haben. Aber Cordy war kein Quäker und finanziell unabhängig.
Als Jane jeden der drei Spaackschen Wohnsitze gesehen hatte, verstand sie ihren Liebhaber allmählich etwas besser. Der erste, den sie besuchten, war das pied-à-terre in Manhattan. Lizzie Meriweather hatte sich nach einem kurzen Ausflug in die Dominikanische Republik, der sie von Cordy befreite, mit Charlie aufs Land zurückgezogen. Ein-

mal im Monat nahm Cordy Charlie für ein Wochenende zu sich, und da Lizzie sich weigerte, Cordy zu sehen, wurde Charlie vom Land in die Stadt befördert, und das Spaacksche Domizil war sozusagen der Ort der Übergabe. Als ihre Liaison schon mehrere Monate alt war, machte sich Cordy eines Samstagnachmittags zusammen mit Jane auf, um Charlie in Empfang zu nehmen.

Die Spaacksche Wohnung war klein, aber herrschaftlich. Man blickte auf den Fluß, und die Einrichtung erinnerte an die Salons ausländischer Botschaften. Überall gab es diese Möbelstücke, auf denen man nicht zu sitzen wagte – entweder mit Seide bezogen oder äußerst zerbrechlich wirkend. Am einladendsten war die Couch, aber sie war mit einem hellen, graubraunen Samtstoff bezogen, der sofort irgendwelche Flecken aufweist, wenn sich eine Hand oder ein Fuß auf ihn verirren. Jane stand am Fenster und schaute zu, wie die Müllkähne die Abfälle Manhattans zum Ambrose-Leuchtturm brachten. Die Spaacks, erklärte ihr Cordy, bezeichneten dieses Schauspiel als «Flußverkehr». An den Wänden hingen mit grauer Seide unterlegte chinesische Drucke, die nach der Auffassung der Innendekorateure den Wohnungen von Bankiers und anderen Kapitalisten eine besänftigende Note verleihen.
Als Cordy mit Charlie, einem weißblonden Kind mit winzigen Zähnen, zurückkam, fühlte sich Jane wie erlöst. Aber hinter Cordy tauchte das Spaacksche Familienoberhaupt auf, eine Erscheinung, mit der Jane nicht gerechnet hatte. Er trug einen grauen Anzug, der an ihm wie angewachsen wirkte – der Lack auf einem Bentley. Er sah durch Jane hindurch und streckte nach der hastigen Vorstellung seine Hand aus, als hätte er es sich nachträglich noch überlegt. Es war eine harte, trockene Hand, die schnell wieder zurück-

gezogen wurde; jene Art von Hand, die, wenn sie zu einem Elternteil des Geliebten gehört, häufig ein Omen dafür ist, daß man am Lebensabend nicht gemeinsam die Sonne untergehen sehen und dabei an all die glücklichen Jahre des Zusammenlebens denken wird.

Das war das erste und letzte Mal, daß Jane Papa Spaacks zu Gesicht bekam. Charlie wurde zu Jane gebracht, da sie mehr Unterhaltsames anzubieten hatte. Ihre Zinntiersammlung – sie stammte aus der Kindheit ihres Vaters –, ihre Bilderbücher und ihre bunten Bleistifte waren sehr viel interessanter als Cordys Computerbögen, Taschenrechner oder die Kamera mit dem Zoom.

Die Liebe, die Jane für Cordy hegte, war zu diesem Zeitpunkt äußerst heftig. Es schmerzte sie, das Fleisch aus seinem Fleisch (und dem einer andern) zu erblicken. Trotzdem sehnte sie Charlie herbei. Sie richtete ihm seine Brote und gab ihm seine Milch in einem Becher mit einem Kaninchen darauf. Gingen sie zusammen spazieren, so war sie außer sich vor Freude, wenn Charlie ihre Hand nahm oder sie am Mantel zog, um auf sich aufmerksam zu machen. Sie spürte, daß sie gerne eines Tages Charlies Stiefmutter werden würde, was der Hoffnung gleichkam – sie war sich dessen völlig bewußt –, Cordy einmal für immer zu besitzen. Cordy hatte gesagt, er würde nie wieder heiraten. Liebe und Heirat schlossen sich seiner Meinung nach aus. Für Jane bewies das nur, daß er nie häusliches Glück kennengelernt hatte, und sie selbst war auf diesem Gebiet ein Genie.

Monatelang waren sie sehr glücklich. Zumindest im Anfangsstadium läßt Liebe alles vergessen. Liebe macht aus einem schwierigen Charakter einen interessanten Exzentriker; aus Streitpunkten reizvolle Divergenzen. Und es tut überhaupt nichts zur Sache, daß alle Lieder vor Warnungen strotzen – Lieder wie «Danger, Heartbreak, Dead Ahead»

werden für Leute geschrieben und gesungen, die nur darauf tanzen wollen. Und obwohl Liebende nichts anderes tun, als ihr Innerstes zu enthüllen – wer achtet schon darauf?
Im Lauf der Zeit ging es Jane jedoch auf, daß an dieser Sache, die sie inzwischen als Cordys Knickerigkeit betrachtete, etwas sehr merkwürdig war. Die Kälte, die die New Yorker Wohnung seiner Eltern ausströmte, der leblose, lebensfeindliche Salon, die eiskalte Hand seines Vaters, all das schien auch etwas mit Cordy zu tun zu haben. Sein fassungsloses Staunen über ihre Art zu leben bewirkte, daß Jane sich allmählich wie eine Orchidee in einem Gewächshaus vorkam – hübsch, teuer, nicht geschaffen für diese Welt. Cordys Entzückensschreie angesichts zweier Filets mignon, deren Vorzüge, was Preis und Wert betraf, Jane zu ihrer eigenen Überraschung zu erklären versuchte, vermittelten ihr das Gefühl, daß das, was zwischen ihnen ablief, für Cordy nichts mit dem normalen Leben zu tun hatte. Im Dampfbad warm gehaltenes Kantinenessen, leere Wohnungen und Familienkräche waren normal für ihn, nicht normal waren Lavendelseife, vergöttert zu werden und in einer großen, französischen Kaffeeschale den Kaffee ans Bett serviert zu bekommen.

Eines Nachts legte er mehr oder weniger seinen Fall dar. Sie hielten sich beinahe ausschließlich in Janes Wohnung auf, da Cordys kein geeigneter Ort war, um so etwas wie ein Liebesabenteuer zu erleben. Er hatte nur ein Kopfkissen besessen. Der Gedanke, daß Jane vielleicht eines Tages sein Bett teilen würde, hatte ihn dazu veranlaßt, in einem besonders billigen Bettengeschäft ein zweites zu kaufen, dessen klumpiger Inhalt nicht identifizierbar war. Er gab jedoch zu, was jeder vernünftige Mensch zugeben würde: daß nämlich nichts über europäische Gänsedaunen geht, wenn man seinen Schlaf genießen will; es sei denn, man ist dagegen allergisch.

Cordy hatte sein Abendessen beendet; er verzog sich auf die Couch, arrangierte die bestickten Kissen, zog Jane zu sich heran und verkündete, die Nase in ihren duftenden Nacken vergraben, daß sie ein Luxus wäre, den er sich nicht leisten könne.

«Ich lebe von meinem Gehalt», sagte Jane.

«Ich glaube, ich sollte eine Entziehungskur machen», meinte Cordy. Jane erschauerte. War ein angenehmes Leben eine Art Gift?

«Du lebst ohne Not erbärmlich», sagte sie.

«Ich lebe einfach», antwortete ihr Cordy. «Es ist sehr gefährlich, sich an Luxus zu gewöhnen.»

«Du scheinst aber gewisse Dinge ganz gern zu haben», sagte Jane. «Zum Beispiel, meine. Du hast nichts gegen guten Kaffee und auch nichts dagegen, dich in eine Steppdecke zu wickeln, wenn du ein Schläfchen halten willst. Dein Hang zu Entsagungen ist die reinste Manie. Übrigens wirst du hier keine Hunderttausend-Dollar-Kamera mit Zoom-Objektiven herumliegen sehen, stimmt's?»

«Ich benutze sie nicht», sagte Cordy.

«Aber nur, weil du zu knickerig bist, Filme zu kaufen. Es ist egal, ob du sie benutzt oder nicht. Sie gehört dir.»

«Darum dreht es sich nicht», sagte Cordy. «Entscheidend ist, daß Dinge einen falschen Eindruck vom Leben vermitteln. Hat einer ein tolles Haus, so findet er auch gleich das Leben toll.»

Jane fragte: «Und ist es nicht toll?»

«Nicht lange», sagte Cordy.

Kurze Zeit nach diesem Gespräch begegnete Jane Cordys Mutter. Mrs. Spaacks bot ihrem Sohn eine elektrische Bratpfanne an. Sie hatte entdeckt, daß sie zwei besaß. Falls Cordy sie nicht wolle, würde sie sie weiterverkaufen. Cordy und Jane fuhren also zwei Stunden zu dem Haus in Salt Harbor, um dieses Utensil abzuholen, das Cordy nie benutzen würde, wie Jane vermutete.

Das Haus, das diese überflüssige Bratpfanne enthielt, befand sich auf einem herrlichen Grundstück mit Blick aufs Meer. Die Umgebung, in der es sich breitmachte, war spektakulär. Das Haus selbst war ziemlich häßlich, und die Einrichtung bestand aus steifen, zum Sitzen völlig ungeeigneten Korbmöbeln, die tiefe, rote Dellen im Fleisch hinterlassen. Jane stellte fest, daß sie inzwischen zwei der Spaackschen Wohnsitze gesehen, aber immer noch keine Oberfläche entdeckt hatte, auf der ein menschliches Wesen es sich bequem machen konnte.

Cordy fand seine Mutter auf einem schmiedeeisernen Gartenstuhl vor; sie war damit beschäftigt, im schwachen Licht der Sonne ein Kreuzworträtsel zu lösen. Sie trug ein Kostüm, in dem ihr Körper wie in einer Zwangsjacke steckte; stand sie, so hatte sie die Haltung von Mädchen, die wissen, daß sie sich nie in ihrem Leben nach etwas werden bücken müssen, und sei es auch nur nach einer Haarnadel.

Sie küßte ihren Sohn nicht zur Begrüßung. Sie reckte nur etwas den Kopf in seine Richtung, als wolle sie die Luft in der Nähe seiner Wange erwärmen. Sie würdigte Jane eines kurzen Blicks, schüttelte ihr die Hand und wandte sich dann Cordy zu; sie führte ihn ins Haus und überließ es Jane, sich die Landschaft anzuschauen.

Cordy kam sehr schnell zurück, die elektrische Bratpfanne in der Hand. Und wenig später saßen er und Jane auch wieder im Auto, unterwegs nach dem nur eine halbe Stunde entfernten Furnall, damit Jane auch den Ort, an dem er seine Kindheit verbracht hatte, kennenlernen könnte.

Das Haus in Furnall war riesig und kalt. Alles war mit Schonbezügen bedeckt.
«Es soll verkauft werden», erklärte Cordy. «Darum sieht es so aus. Natürlich sah es auch früher nicht viel anders aus.»
Jane wurde durch das Haus geführt. Cordy bog um eine Ecke und identifizierte einen Raum, der einen Tisch, eine Schreibmaschine und einen Aktenschrank aus Holz enthielt, als das Zimmer, in dem er als Kind geschlafen hatte.
«Als ich aufs College kam, haben sie daraus einen Raum für ihren Steuerkram gemacht.» sagte Cordy.
Er sah müde aus und machte auf Jane einen traurigen Eindruck. Sie wollte ihn in die Arme nehmen und trösten. Sie wollte ihn mit all den hübschen Dingen, die sie als Kind besessen hatte, umgeben und ihn entschädigen für diese Kälte, die ihrer Meinung nach seine Kindheit bestimmt hatte; für seine schrecklichen Eltern und die Tatsache, daß sie ihm, kaum war er fort, sein Zimmer weggenommen hatten.
«Und wie lebte es sich hier?» fragte sie.
«Ich kann mich nicht mehr erinnern», sagte Cordy.

Probleme in der Liebe suchen nach einem Aufhänger. Es kann Sex oder Politik oder Geld sein. In Cordys Fall war es seine Arbeit. Die Zeit, die er mit Jane verbrachte, behauptete er, ginge seiner Arbeit verloren. Sie sei zu verführerisch. Zu berauschend, zu luxuriös. Er habe sein ganzes Leben geändert, um mit ihr zusammenzusein, sagte er.
Jane hingegen hatte nur so weitergelebt, wie sie immer gelebt hatte. Schon bevor Cordy auftauchte, hatte sie für sich selbst gekocht und die Sonntagvormittage vertrödelt, kaffeetrinkend, zeitunglesend, genau wie mit Cordy. Sie hatte ohne Cordy an ihrer Doktorarbeit gearbeitet und arbeitete mit ihm genauso gut daran.

Er saß am Tisch und goß sich Sahne über die Erdbeeren.
«Dieses ganze Wohlleben», sagte er, «hindert einen am Leben.»
Für Jane war das ein Schlag ins Gesicht. Sie erinnerte sich an ihre erste Unterhaltung. Sie hatte ihre Gelüste nie für besonders maßlos gehalten – sie hungerte nicht mehr und nicht weniger nach den Genüssen des Lebens als andere. Dieser erste Wortwechsel hatte jedoch gezeigt, daß Cordy da ganz anders eingestellt war.
In den darauffolgenden Wochen änderte sich nicht viel, nur daß Jane sich seltsam befangen fühlte wegen ihrer Salate oder der Schale mit Birnen, die auf dem Kaffeetisch stand. Die Aufmerksamkeit, die Cordy auf jede Kleinigkeit in ihrem Leben verschwendete, gab ihr allmählich das Gefühl, nicht als etwas Besonderes betrachtet und geschätzt zu werden, sondern vielmehr ein Kuriosum zu sein. Bald fingen sie an, sich zu streiten. Ihre Zuneigung verlor durch Diskussionen über Treffpunkte, über die gemeinsam verbrachte Zeit und die Preise für Lammkoteletts immer mehr ihren ursprünglichen Glanz. Zu Anfang ließen sich diese Streitereien noch sehr einfach beilegen. Ihre Geschichte hatte schließlich so wunderbar angefangen. Ein leuchtendes Lächeln, eine Liebeserklärung, ein Kuß auf den Nacken vermochte sie immer noch in diesen ursprünglichen Zustand zurückversetzen, in dem sie davon überzeugt gewesen waren, daß kein anderes Paar so viel Witz, Charme und Intelligenz in seine Liebe einbringen konnte wie sie. Aber dann schien es immer mehr Streit und immer weniger Verzauberung zu geben. Cordy legte eine kalte, zynische Seite an den Tag. Jane ihrerseits wurde kühl und geschäftsmäßig.
Bald darauf faßten sie den Entschluß, daß sie ein paar Nächte getrennt verbringen sollten. Es war Janes Idee gewesen; aufrichtige Besorgnis, Cordy vernachlässige seine

Doktorarbeit, und der Wunsch, ihre strahlende Liebe nicht an banalen häuslichen Problemen scheitern zu lassen, hatten sie zu dem Vorschlag bewogen.

Cordy zog sich in sein spartanisches Quartier zurück, wo er mit Hilfe von Nescafé und Milchpulver erneut seine Dissertation in Angriff nahm. Wenn Liebende einer Trennung zustimmen, dann läßt die Katastrophe nicht mehr lange auf sich warten. Cordy und Jane machten da keine Ausnahme. Waren sie zusammen, so kam es dauernd zu Mißverständnissen, und waren sie auseinander, so vertieften sie diese Mißverständnisse noch durch nächtliche Telefonanrufe. Manchmal hatte Jane den Eindruck, sie würden von Cordy absichtlich erzeugt, als wolle er ihr seine Realität unter die Nase halten und ihr beweisen, daß das Leben tatsächlich nur für kurze Zeit angenehm sein kann.

Während dieser einsamen Nächte trug sich Jane mit dem Gedanken, alles, was ihr am Herzen lag, rauszuwerfen; das ominöse Olivenöl in den Ausguß zu schütten. Sie konnte einfach nicht glauben, daß etwas, was so vielversprechend und glücklich begonnen hatte, auf so banale Art und Weise enden sollte. Sie erinnerte sich daran, daß sie immer geglaubt hatte, ein Zaubermantel schütze sie und Cordy vor dieser Kleinlichkeit, die sich in die Beziehungen der andern einschleicht. Starrten die Leute sie nicht auf der Straße an? Ruhten die Blicke ihrer Kollegen nicht sehnsuchtsvoll auf ihnen? Waren sie nicht attraktiv, brillant, außergewöhnlich?

Jane kam schließlich darauf, daß dieses Dilemma, in das sie geraten waren, sich ganz einfach am Modell der Einrichtungsstile erklären ließ. Seit wann vertrugen sich Sonderangebote mit teuer Erstandenem? Eindeutig war alles zu Ende. Ihre größten Vorzüge hatten sich in Mängel verwandelt. Sie hatten den Punkt überschritten, an dem eine Rückkehr noch möglich war. Importierte Erdbeermarmelade und Sonderposten-Kopfkissen lassen sich nicht unter einen Hut bringen.

Ihre letzte Begegnung fand in einem Café statt. Sie hatten beschlossen, sich auf neutralem Terrain zu treffen. Der Tisch zwischen ihnen war bedeckt mit leeren Plastikbechern und vollen Aschenbechern. Abgesehen von Telefonanrufen hatten sie nun kaum noch Kontakt miteinander. Alles, was sie versuchten, schien zu mißglücken, obwohl die Blicke, die sie sich über den verschmutzten Tisch zuwarfen, pures Verlangen ausdrückten. Die Wahrheit war, daß sie einander vergötterten. Daß sie solche Gefühle haben konnten und trotzdem über alles streiten mußten, war ihnen beiden unerklärlich. Aber es war eine Tatsache. Sie vergötterten einander, und doch änderte das nicht das geringste.

Cordy sagte: «Ich vermisse dich so.»

Jane sagte: «Was vermißt du denn? Du vermißt jemanden, der seine Zeit in der Badewanne vertrödelt, der zu seinem Vergnügen liest, was du für ein Verbrechen hältst, der zuviel Geld fürs Essen ausgibt und der dich dazu überreden will, deine Krawatten nicht im Warenhaus zu kaufen. Nichts, was ich tue, scheinst du zu billigen. Wie kannst du mich da vermissen?»

«Ich vermisse dich eben», sagte Cordy.

«Aber ich bin dir doch nur im Weg», sagte Jane. «Du sagtest, ich wäre ein Luxus, den du dir nicht mehr leisten könntest. Du hältst es für frivol, wenn sich jemand das Leben angenehm machen will.»

«Ich bete dich an», sagte Cordy. Jane senkte den Kopf, um ihre Tränen zu verbergen. Auch sie betete ihn an. Sie betete jemanden an, der an allem, was sie tat, etwas auszusetzen hatte, der sie so befangen machte, daß sie sich morgens kaum noch anzuziehen wagte.

«Wie kannst du mich anbeten, wenn wir keine fünf Minuten mehr zusammensein können, ohne uns zu streiten?»

«Wie lange wir zusammensein können, ohne uns zu streiten, hat überhaupt nichts mit Liebe zu tun», sagte Cordy.

Janes Tränen versiegten. Sie war verblüfft, daß sich die Angelegenheit auf einen so einfachen Nenner bringen ließ. Sie erinnerte sich an den Zwischenfall mit der Lavendelseife und sein von Herzen kommendes Geständnis, daß ihm noch nie jemand etwas geschenkt hatte. In Cordys Fall besagte das nichts weiter, als daß tatsächliche Entbehrung und das Gefühl von Entbehrung ein und dasselbe waren. Das Gefühl, nie ein Geschenk bekommen zu haben, ist beinahe so gut wie das Gefühl, vernachlässigt worden zu sein. Eine Art von Verlust, die für Cordy einfach lebensnotwendig war. Er hatte zwanzigmal mehr Geld, als sie je haben würde, und doch verging kein Tag, an dem er sich nicht den Kopf zerbrach, wie er sich um etwas bringen konnte. Sie hatte beobachtet, wie er die Auslagen in den Schaufenstern betrachtete, voller Begier nach etwas, was er sich ohne weiteres hätte kaufen können, und trotzdem weiterging. Es war hoffnungslos.

Sie holte tief Luft und sagte Cordy, er würde ihr einen großen Gefallen tun, wenn er einfach aufstünde und ginge. Er blieb noch einen Augenblick lang sitzen, bedachte sie mit dem schönsten, qualvollsten Blick, dessen er fähig war, dann ging er hinaus.

Als er auf die Straße trat, liefen Jane die Tränen über die Wangen. Sie bestellte noch eine Tasse Kaffee, trank sie langsam aus, trocknete ihre Tränen und beobachtete die Studenten, die auf der Straße vorbeiparadierten. Es war ein heißer Frühlingstag. Niemand trug einen Mantel. Ein

paar gingen barfuß. Paare schlenderten Arm in Arm vorbei.
Und dann sah sie aus dem Augenwinkel Cordy, der auf der gegenüberliegenden Straßenseite an einem Auto lehnte und sie beobachtete. Sie dachte daran, wie einfach es wäre, etwas Geld auf den Tisch zu werfen, aus der Tür zu stürzen und zu ihm über die Straße zu rennen. Sie spürte bereits, wie sich seine Arme um sie legten.
Statt dessen starrte sie einfach zurück. Es war völlig klar. Er entsagte ihr nun. Traurig sagte sie sich, daß er einem Geizkragen glich, der Blumen über alles liebt und mit dem nötigen Geld in der Tasche die Blumenstände umkreist, um kostenlos den Duft der Rosen und Nelken einatmen zu können, jedoch nie welche kauft.
So jemand kann stundenlang vor einem Blumenladen stehen und eine Gardenie betrachten, die er mühelos erwerben könnte. Aber warum, fragt er sich, will jemand unbedingt eine Gardenie haben, und was würde er damit anfangen, wenn er sie hätte? Ein solcher Mann kann ganz nahe an die Ladentür herankommen und sogar eintreten, nur um sich umzuschauen. Er fragt vielleicht den Verkäufer nach dem Preis der Gardenie und weiß, daß er sich sieben davon leisten könnte. Jene Gardenie wartet nur darauf, gekauft zu werden, aber nicht von ihm – nicht wenn es keinen praktischen Grund dafür gibt und vor allem nicht, wenn es so viel lustvoller ist, es nicht zu tun.

Sentimentale Erinnerung

Als ich an einem eiskalten Tag im März in Inverness, Schottland, ankam, wollte ich jedem, der mich fragte, erzählen, daß ich einen Auftrag hätte, hier zu fotografieren. Ich hatte die Kameras bei mir, um das glaubwürdig erscheinen zu lassen. Außerdem konnte ich mich durch mehrere Nummern einer Zeitschrift ausweisen, die sich *Wildlife* nannte und in der ich mehrere Folgen über Wildblumen, Schlangen und Kakteen veröffentlicht hatte. Aber niemand fragte.

In Wirklichkeit war ich sozusagen auf der Flucht vor meinem zweiten Ehemann, Francis Cluzens, einem Geologen, der in San Francisco lebte, und vor meinem ersten, Thomas Ragland, einem Viehzüchter in Despelles, Texas.

Meine erste Ehe war von recht langer Dauer gewesen, die zweite von äußerst kurzer. Als ich Francis Cluzens verließ, was sehr abrupt geschah, hatte ich das Gefühl, ich bräuchte eine mir fremde Landschaft, um darin Unterschlupf zu suchen. Was ich im Grunde jedoch brauchte, war ein Ort, an dem ich in mich gehen konnte: Keiner suchte mich. Ich brauchte einen Ort, wo ich mich nicht mit einer fremden Sprache herumschlagen mußte, wo mich die Einheimischen nicht beachteten oder ich die Einheimischen nicht zu beachten brauchte. Schottland schien all diese Voraussetzungen zu erfüllen, und so flog ich von San Francisco nach

London und suchte mir mit Hilfe meines Taschenatlas das Städtchen Inverness aus. Ein beschlagener und hilfsbereiter Taxifahrer brachte mich zur King's Cross Station, wo ich in den London-Inverness-Expreß stieg. Der Zug war voller japanischer Wissenschaftler, die das Ungeheuer von Loch Ness erforschen wollten, wie ich beim Essen erfuhr.
Ich quartierte mich in dem mit vier Sternen versehenen Station-Hotel ein, wo man mich für eine exzentrische Amerikanerin auf der Suche nach Abenteuern hielt. Der Beweis dafür war der Mann, der hinter der beinahe leeren Hotelbar stand und der jeden Abend, wenn ich mein einsames Glas Scotch trinken kam, zusammenzuckte. Ich konnte noch so oft zeitunglesend und meine Umwelt ignorierend dasitzen, es war ganz offensichtlich, daß er immer auf das Schlimmste gefaßt war.
In diesem Hotel lebte ich fünf Monate, ohne jemals ein Gespräch zu führen, das länger als fünfundvierzig Sekunden dauerte. Um eine Muskelatrophie zu vermeiden, machte ich jeden Morgen einen kleinen Spaziergang zum Schloß Inverness und zurück. Am Nachmittag überquerte ich den Platz und kaufte eine Zeitung. Zweck der Übung war, mein Leben einmal ungehindert an mir vorbeiziehen zu lassen. Ohne Ablenkungen, meinte ich, wäre ich in der Lage, über meine einunddreißig Lebensjahre nachzudenken und zu entscheiden, ob sie irgendeinen Sinn ergaben. Ich wollte Ordnung schaffen. Schließlich war ich noch so jung, daß ich mich für zwei abgelegte Ehemänner zu jung fühlte. *Zwei Ehemänner*. Der Gedanke daran ließ mich nachts nicht zur Ruhe kommen, mein Herz schien im Rhythmus von *zwei Männer, zwei Männer* zu klopfen, während ich auf und ab ging.
Im Juni tat ich etwas, was ich mir geschworen hatte nicht zu tun: Ich ließ mich auf menschlichen Kontakt ein. Als ich an

einem regnerischen Abend wieder einmal an der Hotelbar saß, gesellte sich ein hitziger junger Mann zu mir. Ich zog ihn an wie ein Magnet. Er hieß Billy McLeod, studierte Architektur an der Universität von Edinburgh und hatte im Augenblick Semesterferien. Er wohnte auf der andern Seite des Kanals in Fort Marie und fand seine Ferien unerträglich. Er hatte sich leidenschaftlich in eine Italienerin verliebt, die Marina hieß und die ihre Ferien in ihrer Heimatstadt Florenz verbrachte.

Die Art und Weise, wie in Bars Bekanntschaften geschlossen werden, könnte einen altmodischen Soziologen sein ganzes Leben lang beschäftigen. Vielleicht ist es der Alkohol, der einem zur Verfügung steht, oder das Sortiment von Flaschen, das die Leute zusammenbringt. Es dauerte weniger als zehn Minuten, und schon hatte mir Billy seinen Seelenzustand enthüllt – vielleicht brachte ihn auch der Zustand von Verrücktheit, in den die Liebe junge Männer stürzt, dazu, so loszulegen. Er fing an, über Amerikaner zu reden, aber in Wirklichkeit redete er über die Liebe.

«Was die Amerikaner auszeichnet – sie sind so offen, verglichen mit uns. Ich meine, sie sind emotional nicht blockiert. Ich meine, sie können ihr Herz sprechen lassen, finden Sie nicht auch?»

Da ich mich kaum geäußert hatte, fragte ich mich, wie er zu dieser Annahme kam.

«Ich sehe sofort, wer offen ist und wer nicht. Alle Amerikaner in Edinburgh sind es. Sie denken emotional. Ich meine, fällt Ihnen nicht auf, wie selten Offenheit hier ist? Ich meine, Amerikanern fällt das meistens sofort auf. Meine Freunde können glänzend über dies oder jenes sprechen, aber sie sprechen nicht die Sprache des Gefühls. Und wenn man die nicht spricht, dann hat man überhaupt keine Sprache, nicht wahr?»

Ich hielt dieses Gespräch für sehr gefährlich – genau diese Art von Gesprächen, hatte ich mir geschworen, würde ich nicht führen. Ich beschloß, um die Sprache des Gefühls einen Bogen zu machen und ungefährlichere Themen, wie zum Beispiel Geographie, anzuschneiden. Ich fragte Billy, wo Fort Marie sei. Er riß die Augen auf. Ich sei seit Monaten hier und wisse nicht, wo Fort Marie sei? Nun, auf der andern Seite des Caledonian-Kanals. Ob ich das Hotel denn nie verlassen hätte? Ich gestand ihm, daß ich das tatsächlich nicht getan hätte. Das reizte seine Neugier. Woher ich käme? Was ich hier täte?

Hätte ich einen Hang für Soziologie, so könnte ich für meine Antwort das Sortiment von Flaschen, den Regen, die leere Bar, das Torffeuer im Kamin verantwortlich machen. Ich war jedoch einsam.

«Ich kam hierher, um mich von meiner zweiten Ehe zu erholen», sagte ich. «Früher habe ich in Texas gewohnt und dann in San Francisco. Jetzt lebe ich eigentlich nirgendwo.»

Ich hoffte, ihn damit zum Schweigen zu bringen. Doch nein.

«Ich glaube, Geschiedene sitzen sozusagen auf dem Gipfel des Bergs», sagte Billy. «Ich meine, es muß so ähnlich sein, wie wenn man von einem Flugzeug hinuntersieht. Meinem Gefühl nach ist Liebe ein Prozeß. Auf Fremdheit folgen Vertrautheit, Intimität und schließlich Bindung. Ich meine Heirat. Und dann die häusliche Nähe. Und wenn das nicht mehr geht, dann hat man den ganzen Entwicklungsbogen kennengelernt.»

Für einen Anfänger, fand ich, war das gelungen formuliert.

«Liebe ist ein Schmelztiegel», sagte Billy. «Ich glaube, das erste Mal gerät man da hinein und kommt als feinere, festere und bestimmt völlig veränderte Legierung wieder daraus hervor.»

Nach dieser Bemerkung dachte ich, das klügste wäre wohl, es zu derlei Gesprächen erst gar nicht wieder kommen zu lassen – aber ich durfte erst aufstehen, nachdem ich eingewilligt hatte, mir von Billy die Gegend zeigen zu lassen. Er ging, und ich begab mich wieder auf mein Zimmer, wie es sich für mich gehörte.

Ich bin in einer Kleinstadt in Neuengland aufgewachsen als nettes, braves, verträumtes Mädchen. Ich glaubte an alles, was man mir vorsetzte: an Ehre, Treue und die Ehe bis zum Tode. Ich glaubte, was ich bei den Pfadfinderinnen, im Klub junger Bürger und aus Comicstripheften über die Liebe erfuhr. Es entsprach meiner Veranlagung, daran zu glauben: Ich war beständig. Zu meinem zehnten Geburtstag bekam ich zum Beispiel eine Kamera geschenkt. Von jenem Tag an hatte ich immer eine Kamera in Reichweite. Ich wollte von Anfang an Fotografin werden und bin es auch geworden. Nie habe ich mich mit irgendwelchen Sportarten, Hobbies oder Freunden erst vertraut gemacht und sie dann wieder fallengelassen.

Ich begegnete meinem Mann, Thomas Ragland, der von allen nur Raggy genannt wurde, auf dem College. Er saß traurig unter einem Baum, und ich fotografierte ihn. Er bestand darauf, das Bild zu sehen, und folgte mir den ganzen Nachmittag, während ich von andern unglücklichen, weniger traurig dreinschauenden Studenten Fotos machte. Als ich sie dann entwickelte, gestattete ich ihm, in die Dunkelkammer mitzukommen, und erfuhr, daß er ein heimwehkranker Texaner war. Er hatte immer eine Flasche grüner Chilisoße bei sich, mit der er alles übergoß, was er aß.

Raggy war der erste Mensch, in den ich mich verliebte, und

ich heiratete ihn. Ich hielt das für normal und begriff einfach nicht die Mädchen in meinem Studentenwohnheim, die leidenschaftliche Affären hatten und sich dann plötzlich absetzten, um einen andern zu heiraten. Das Leben war für mich eine gerade Linie, eine ernsthafte Angelegenheit. Ich verstand nicht, wie man etwas hinter sich lassen konnte, und hielt es für klug, sorgsam darauf zu achten, welche Erinnerungen man sich schuf. Bis ich Raggy traf, hatte ich mir nie die Mühe gemacht, mich zu verlieben. Raggy war der Richtige. Er spezialisierte sich noch ein Jahr auf Betriebswirtschaft, während er darauf wartete, daß ich mit dem College fertig würde. Als es soweit war, heirateten wir und zogen nach Despelles, wo Raggy seiner Familie die Ranch leiten half.

Raggy war groß und stark und offen, ein Mann, bei dessen Anblick man begreift, wie das Klischeebild vom Texaner zustande gekommen ist. Er arbeitete hart. Er schwitzte unter der Sonne. Er fühlte sich seinem Land tief verbunden. Er war gut zu Tieren. Pferde liebten ihn. Er konnte einen Lastwagen reparieren, ein Steak grillen und war ein Kenner der Fauna und Flora des Südwestens. Wir lebten in einem Steinhaus auf der Westseite des Besitzes. Jedes Jahr veranstalteten wir ein Barbecue und fütterten den ganzen Landkreis. Im Winter gingen wir nach Houston, um am Gesellschaftsleben teilzunehmen. Und jedes Frühjahr machten wir zwei Wochen frei, um nach Mexiko zu fahren.

In unserer Ehe glichen wir einem Pionierpaar. Alles, was wir auf diesem Gebiet lernten, lernten wir voneinander. Wir waren so neugierig und aufmerksam wie Entdeckungsreisende. Wir glaubten an dieselben Dinge. Raggy glaubte an Verbundenheit mit dem Land. Ich glaubte an das Wunder der Natur. Wir glaubten, Meinungsverschiedenheiten konnten beredet und gelöst werden; das beste Mittel gegen

Trübsinn war ein langer Spaziergang, ein Streit ließ sich am besten mit mehreren Tassen heißer Schokolade beilegen, an die sich ein Nachmittag im Bett anschloß. Mit einem Wort, wir dachten, das Leben habe einen Sinn. Das Schicksal betrachteten wir als etwas ganz Einfaches: Man wurde geboren, entwickelte Interessen, die man ein ganzes Leben lang beibehielt, verliebte sich, heiratete, gründete eine Familie und starb dann in seiner Heimatstadt oder in der Stadt, die man zu seiner Heimat gemacht hatte.
Alle um uns herum schienen genauso zu denken, selbst Raggys Tante Bettine, die sich von ihrem Mann, Onkel Clifford, hatte scheiden lassen und ihn dann wieder geheiratet hatte. Genau das, glaubte sie, hatte ihre Ehe gebraucht. Später wollte sie mit einem Teil ihres Geldes ein Kunstmuseum für Tiere stiften, das man mit seinem kleinen Liebling besuchen konnte; ein Projekt, das vielen ihrer Freunde einleuchtete.
Acht Jahre lang hatte ich nicht den geringsten Anlaß, an irgend etwas zu zweifeln. Raggy und ich wußten, worauf es im Leben ankam. Wir beschlossen, nach unserm zehnten Hochzeitstag mit dem Kinderbekommen anzufangen. Dann würden wir zehn Jahre puren Vergnügens ad acta legen und uns ernsthafteren Dingen zuwenden. Zuerst, fanden wir, sollten wir uns selbst festigen. Raggy würde lernen, die Ranch zu führen. Ich würde lernen, als Fotografin zu arbeiten. Und wir würden uns einander widmen können, ohne daß uns dabei etwas im Wege stand. Dann würden wir eine glückliche Familie gründen. Raggy würde aus unsern Kindern gute Schützen und Pferdeliebhaber machen und sie in den Viehhandel einführen. Ich würde ihnen das Schwimmen und Kochen beibringen und ihr Verständnis für Kunst wecken.
Kurz nach meinem neunundzwanzigsten Geburtstag fuhr Raggy zu einem Viehzüchterkongress nach Chicago, und

ich blieb eine Woche lang allein zurück. Um diese Zeit tauchte ein Team von Geologen auf, die unser Land nach Öl absuchten. An der Grenze im Norden wurde eine Nissenhütte aufgebaut, und wenn man morgens seine Post abholte, konnte man die Vermessungsleute sehen.

Am zweiten Tag von Raggys Abwesenheit zog ich frühmorgens mit meiner Kamera los. Es war einer jener besonders klaren Tage, an denen man zu beiden Seiten des Horizonts riesige Wolkenberge aufziehen sieht – Vorzeichen eines sich langsam nähernden Sturms. Die Luft schien elektrisch geladen. Ich ritt langsam auf meinem Pferd dahin und fragte mich, was ich fotografieren sollte, als ein Mann auf einem Schecken meinen Weg kreuzte. Er war sehr schlank, und sein Gesicht hatte etwas Habichtartiges. Im Sattel saß er ganz typisch wie jemand, der englische Sättel gewohnt ist. Wir grüßten einander, hielten die Pferde an und wechselten ein paar freundliche Worte. Er hieß Francis Cluzens und war der Boss des Geologenteams. Ich stellte mich meinerseits vor, und wir unterhielten uns eine Zeitlang über die Schönheit der Ragland-Ranch. Aus Höflichkeit einem Fremden gegenüber bot ich mich an, ihm etwas Gesellschaft zu leisten und ihm das Land zu zeigen.

Er entpuppte sich als ein angenehmer, wenn auch etwas verwirrender Begleiter. Er stellte Dutzende von Fragen, und als wir schließlich absaßen und unter einem Baum Rast machten, sah ich mich einem intensiven, lodernden Blick ausgesetzt. Mir wurde deutlich, daß er, abgesehen von Raggy – und abgesehen von Raggys Vater, Onkeln und Vettern sowie den männlichen Mitgliedern meiner Familie –, der erste Mann war, mit dem ich seit acht Jahren gesprochen hatte. Er erzählte mir, er würde in San Francisco leben und in Berkeley unterrichten und sich ab und zu als Ölsucher verdingen. Dann fragte er ziemlich unvermittelt, wie lange ich schon verheiratet sei und was ich davon hielte. Acht Jahre, sagte ich, und fügte noch hinzu, ich sei eine überzeugte Anhängerin dieser Institution. Anschließend drehte sich das Gespräch um Fotografie, Landschaftsmalerei und die geologischen Besonderheiten von Texas. Bevor wir uns verabschiedeten, fragte ich ihn, ohne lang darüber nachzudenken, ob er nicht am nächsten Nachmittag auf eine Tasse Kaffee vorbeikommen wolle. Ich dachte, er sei jemand, den Raggy wahrscheinlich gern kennenlernen würde, wenn er zurückkäme.

Francis Cluzens kam tatsächlich am nächsten Tag, und wir tranken unsern Kaffee auf der Veranda. Die Sturmwolken hatten sich vom Horizont her genähert, und die Luft war sehr feucht. Wir sprachen über das Wetter in Texas, über die Muir-Wälder und mexikanisches Essen. Das heißt, ich plauderte liebenswürdig daher. Mit jemandem wie Francis Cluzens zu plaudern war ich nicht gewohnt. Im Gegensatz zu Raggy und seiner Familie war er nicht groß, warmherzig und offen. Er war auch nicht gerade klein, aber sehr schneidig und voll von einer Energie, die ich nicht kannte – von jener Energie, die durch harte Arbeit nicht verbraucht wird. Nach einer Stunde stand er auf und fragte mich, ob er am nächsten Tag wiederkommen dürfte. Ich hatte keine Einwände.

Am nächsten Tag beschlossen wir, zusammen auszureiten. Nach der ersten halben Meile fielen erste Regentropfen, hörten dann aber wieder auf. Als der Sturm endgültig losbrach, waren wir nicht weit von der Nissenhütte, in der das Team seine Ausrüstung aufbewahrte. Wir galoppierten darauf los, stellten die Pferde in einem Schuppen unter und rannten hinein. Francis verriegelte die Tür gegen den Regen. Die Hütte roch angenehm nach Segeltuch und Seilen. Der Regen trommelte auf das Dach. Vor einem Fenster hing ein Stück Segeltuch, das der Wind immer wieder hinauszerrte. Francis machte sich daran, es zu befestigen, und als er zurückkam, sah er selbst sehr stürmisch aus. Er hob mich aus dem Klappstuhl, auf dem ich saß, und nahm mich in die Arme. Kurz darauf beging ich auf dem Grund und Boden meines Mannes meinen ersten Ehebruch.

Als Raggy zurückkam, stellte ich fest, wie einfach sich ein sogenanntes normales Leben führen läßt. Ein Seitensprung richtet heutzutage keinen übermäßigen Schaden an. Frauenzeitschriften berichten von Leserinnen, die während des Beischlafs von andern Männern als ihrem Ehemann träumen; ich tat das jedoch nie. Ich hätte auch ohne weiteres befinden können, es sei überhaupt nichts mit mir passiert, und ich bin sicher, wenn ich meine Mutter und meine Freundinnen und selbst Raggys Mutter um mich versammelt und ihnen die Situation erklärt hätte, wären sie alle einstimmig dafür gewesen, den Mund zu halten und weiterzumachen. Ich liebte Raggy doch, oder nicht? Und eigentlich hatte ich ihn gar nicht betrogen, wenn man unter Betrug etwas Vorsätzliches versteht. Meine Gefühle für Raggy hatten sich allerdings nicht im geringsten geändert. Ich hatte mich geändert.

Ich war, wie ich entdeckte, in der Lage, meinen Mann zu betrügen. Bevor Francis Cluzens auftauchte, lag dieser Gedanke mir so fern wie der fernste Stern, jede Spekulation darüber wäre so an den Haaren herbeigezogen gewesen, so ohne Anhaltspunkte wie eine Spekulation über Leben auf andern Planeten. Auch wenn in den Zeitschriften für Psychologie immer von persönlichem Wachstum geredet wird, ist es doch ziemlich unangenehm, eine Seite seiner Persönlichkeit zu entdecken, von der man keine Ahnung hatte. Es ist, als befände man sich mitten auf einem Schlachtfeld und aus verborgenen Ecken flögen einem un-

berechenbare Kugeln um die Ohren. Eine Frau, die an Treue glaubte, die das Leben als eine Gerade betrachtete, die den einzigen Mann geheiratet hatte, den sie je liebte, hatte sich einem andern hingegeben. Das mußte etwas bedeuten.
Zunächst einmal mußte ich einen tiefen Wandel durchgemacht haben, sonst hätte es zu dieser Begegnung mit Francis Cluzens nicht kommen können. Aber wann hatte dieser Wandel stattgefunden? Hatte ich ihn verschlafen? Oder hatte er sich schrittweise vollzogen und waren die Schritte so winzig gewesen, daß ich sie nicht bemerkte? Und wenn ich mich gewandelt hatte, dann war ich auch nicht mehr die Person, die Raggy geheiratet hatte. Hinzu kam meine idealistische Gesinnung. Ich betrachtete die Vereinigung des Fleisches als etwas Heiliges. Ich dachte, ich würde an eheliche Liebe und ausschließlich an eheliche Liebe glauben. Ich war keine verstörte, sondern eine sehr entschlossene Jungfrau gewesen, als ich Raggy heiratete. «Keine beiläufigen Intimitäten», lautete mein Motto. Meine Begegnung mit Francis Cluzens ließ all diese Prinzipien zusammenbrechen. Wie beiläufig war diese Begegnung eigentlich gewesen? Hatte ich sie, ohne es zu wissen, herbeigeführt? Hatte ich irgendwelche Signale ausgesandt – Lust? Begierde? Langweile? Fragten denn irgendwelche Fremden, die auf den Ländereien des Ehemanns aufgetaucht waren, einen immer so selbstverständlich, was man von der Ehe halte?
Ich konnte nicht an eine Laune des Zufalls glauben. Und wenn es sich doch um eine Laune handelte – um ein pures Versehen, einen Fauxpas –, dann war ich nicht ich selbst. Ein Ereignis kann alles verändern. Zwei Wochen später fand ich in meinem Briefkasten einen Brief von Francis Cluzens. Er schrieb, er habe mich vom ersten Augenblick an begehrt. Und weiter: «Wenn du bereit bist, ruf mich an. Ich werde auf dich warten.» Darunter stand seine Telefonnummer. *Wenn*

du bereit bist. Blickten diese eindringlichen Augen durch meine Stirn, die Stirn der braven Ehefrau, bis in das Herz einer Frau, die mehr oder weniger schon bereit war?
Einen Monat später verließ ich Raggy. Ich erzählte ihm alles. Er war verletzt, aber nicht auf die übliche Art. Er sagte, er sei sicher, daß ich wieder zurückkommen würde. Ich nehme an, ich wußte es auch. Er schien zu spüren, daß ich es tun mußte – und ich begriff, wie schockierend es ist, wenn ein anderer das Bild, das man von sich selbst hat, akzeptiert. Ich hielt mich für eine Frau, die niemals leichtfertig handelt. Raggy dachte das auch. Er war, wie er immer war: groß, offen, freigebig und freundlich. Er ließ mir freien Lauf, so wie man einem Pferd freien Lauf läßt. Das Pferd, das irgendwelchen Impulsen folgt, läuft in die falsche Richtung. Und kehrt dann wieder zu einem zurück.
Ich heiratete Francis Cluzens aus Gründen, die wahrscheinlich niemand für möglich gehalten hätte. Um meine Ernsthaftigkeit zu beweisen. Um einer Sache Gestalt zu verleihen, die vielleicht nichts als eine vorübergehende Schwäche gewesen war. Aber ich glaubte nicht an vorübergehende Schwächen. Der Satz «Es gibt keine Zufälle» ist für Leute wie mich geprägt worden.
Raggy zeigte sich sehr verständnisvoll, was die Scheidung anging. Es gelang ihm, sie in Despelles geheim zu halten – damit es weniger Probleme gäbe, wenn ich wieder zurückkäme. Ich hatte einen Mann, der mich liebte und den ich verlassen hatte. Und ich hatte einen Mann, der mich liebte und zu dem ich gehen konnte. Ich stand in einer kleinen Kirche in San Francisco und dachte daran, daß ich bei zwei verschiedenen Gelegenheiten zwei verschiedenen Männern gelobt hatte, sie zu lieben und zu ehren, bis daß der Tod uns scheide.
Eine zweite Heirat ist wie ein Paar neuer Schuhe: sie passen

einfach nicht so wie die alten. Sie drücken an Stellen, an denen man es nicht gewohnt ist. Die unbeschwerten Augenblicke, die persönlichen Geheimwörter, die Spitznamen, die bequemen Verhaltensweisen, all das gibt es nicht mehr. Natürlich hätte ich Francis Cluzens nie heiraten sollen. Eines Prinzips wegen zu heiraten ist kaum eine weise Entscheidung. Doch wenngleich es nicht einfach war, mit ihm zusammenzuleben, so war die Erfahrung, mit ihm verheiratet zu sein, auch nicht gänzlich unangenehm; eher anhaltend exotisch. Francis war kühl und zurückhaltend. Seine Gesten waren nicht ausladend und großzügig. Was er tat, tat er präzis und methodisch. Jede Nacht legte er seine Haarbürste und Zahnbürste auf der Ablage im Bad nebeneinander. Er aß jeden Tag dasselbe zum Frühstück. Sein Schreibtisch war immer leer und ordentlich, wenn er ihn abends verließ. Diese Dinge berührten mich, wie einen Sitten in fremden Ländern berühren. Sagte ich «mein Mann», so meinte ich damit Raggy, nicht Francis. Ich lebte ein Jahr mit Francis zusammen. Es war eher eine romantische Affäre als eine Ehe. In der Ehe gewöhnt man sich an Dinge. In einer Affäre sucht man immer nur das Fremde.
Ich mußte nicht viel packen. Das meiste hatte ich bei Raggy gelassen, was ihn sehr in der Erwartung bestärkte, daß ich zurückkommen und ihn wieder heiraten würde, so wie Tante Bettine Onkel Clifford wieder geheiratet hatte. Ich dachte auch, daß ich schließlich wieder zu Raggy zurückkehren würde. *Ihn* schien die Vorstellung eines tiefgehenden Wandels meiner Persönlichkeit nicht besonders zu stören, aber mich störte sie. Falls ich zu ihm zurückging, brauchte ich zuvor das Gefühl, auf der Flucht zu sein, ein wenig selbst auferlegte Einsamkeit. *Mir* paßte mein Wandel nicht. Das mindeste, was ich tun konnte, war, mich selbst einzuholen.

Billy McLeod wurde mein Fremdenführer und Exkursionsleiter. In einem Gasthof seiner Heimatstadt aßen wir zusammen Mittag. Er fuhr mich zum Urquhart Castle bei Loch Ness. Er brachte mich zu Ben Nevis, dem höchsten Punkt auf den Britischen Inseln, und ärgerte sich immer wieder darüber, daß ich nie meine Kamera mitnahm.

Auf diesen Ausflügen sprach Billy über seine Freundin Marina. Er verlieh ihr botticellihafte Züge, was ich als eine Übertreibung betrachtete, wie sie einem jugendlichen Romantiker unterlaufen konnte; als er mir jedoch ein Foto zeigte, sah ich, daß er sie nur genau beschrieben hatte. Er erzählte mir, daß sie den Pakt geschlossen hatten, einander nur bei Kerzenlicht zu schreiben, und darum trug Billy immer einen Kerzenstummel in seiner Hosentasche mit sich herum – sollte er unterwegs das Bedürfnis verspüren, ihr zu schreiben, so brauchte er weder dem Pakt noch seinen Impulsen zuwiderzuhandeln. Ihre letzte Nacht, sagte er, hätten sie bei Kerzenlicht verbracht, eine von Kerzen erleuchtete, durchwachte Nacht.

Er sagte: «Wenn ich an Marina denke, sehe ich dieses Traumbild vor mir. Sie schläft, die Hand unter die Wange gelegt, wie ein kleines Kind. Manchmal finde ich es unerträglich, daß sie träumt. Ich meine, wenn sie träumt, weiß ich nicht, was in ihr vorgeht, was sie träumt. Es gibt eine Art himmlischer Vertrautheit, die zwar nicht zu erlangen ist, die man aber anstrebt. Ist er nicht etwas Trauriges, der Schlaf, wenn man jemanden liebt?»

Ich fand es unmöglich, darauf zu antworten.

«Finden Sie nicht auch?» fragte Billy.

In manchen Momenten, erkannte ich, wäre die einzig passende Antwort, Billy zu erwürgen.

Ich sagte: «Ich bin zu alt, um zu wissen, wovon Sie reden.»

«Zu alt! Mein Gott, ich bin zu jung. Ich meine, Liebe ist wie eine große Reise und ich bin zum erstenmal unterwegs. Ich meine, man wird reifer in ihrem Verlauf. Ich bin ja nur ein kleines Kind, aber mit dreißig werde ich über Dinge Bescheid wissen, von denen ich jetzt noch nichts weiß. Zum Beispiel von Tragik und Seelenqualen, Dingen, die man erfahren haben muß.»

Ich meinte, ich würde doch bezweifeln, daß er Tragik und Seelenqualen so bereichernd finden würde.

«Das denken die meisten, aber die meisten sind auch dumm. Liebe besteht nicht nur aus Fröhlichkeit und schönen Stunden im Bett. Man muß sie reifen lassen, und durch Schmerz wird sie reifer. Aber ich kenne natürlich nur den Abschiedsschmerz.»

Diese Fahrten bewirkten, daß ich mich nach meinem Hotelzimmer sehnte, dem einzigen Ort, an den ich gehörte, abgesehen von dem Platz neben Raggy, den ich aber nicht mehr zu verdienen meinte. Einmal im Monat schrieb er mir – lange Briefe voller Neuigkeiten, um mich auf dem laufenden zu halten, als wäre ich auf einer Vergnügungsreise. Diese Briefe erfüllten mich mit Angst und Dankbarkeit. Irgendwo ging das Leben noch geradlinig weiter. Francis hingegen hatte mich während der ersten drei Monate in Schottland mit wütenden Briefen bombardiert, in denen er seinen Eindruck von mir beschrieb: dumm, destruktiv und hochnäsig. Schließlich bekam ich einen Brief von seinem Rechtsanwalt, in dem mir mitgeteilt wurde, daß er die Scheidung beantragt hätte auf Grund böswilligen Verlassens.

Unterdessen ließ meine Kraft nach. Ich gelangte zu überhaupt keinen Einsichten. Mein Leben zog an mir vorüber, und hinter all diesen Visionen von Moral, Treue, Beständigkeit steckte lediglich ein Mensch, der eine Sünde begangen hatte. Nichts wurde mir enthüllt, weder ein Sinn noch das

Ziel meines Handelns. Ich hatte einfach einer Laune nachgegeben, und da ich diese Einsicht nicht ertragen konnte, hatte ich das Ganze lächerliche Dimensionen annehmen lassen. Vielleicht lassen Tragik und Seelenqualen eine Liebe tatsächlich reifen. Vielleicht war einfach nie etwas passiert, das mich auf die Probe stellte, und ich hatte darum selbst dafür gesorgt. Vielleicht war ich nur ein unerträglicher Prinzipienreiter gewesen, der seine ganze Umwelt in Schach hielt, um sich den Anblick eines gewöhnlichen Sterblichen zu ersparen – der eigenen Person, die ganz gewöhnliche Dinge tut, die keinen Sinn ergeben. Ich hatte nichts anzubieten. Ich wollte nur wieder nach Hause.

Ich schrieb Raggy, wie ich mich fühlte. Er schrieb zurück, daß ich dieselbe Frau sei und immer sein würde, die er geheiratet hatte. Wir beschlossen, uns in New York zu treffen, um eine Weile für uns zu sein; denn ich fürchtete mich davor, nach Despelles zurückzukehren. Raggys Clan war jedoch sehr viel großzügiger als ich, wenn es um menschliches Handeln ging. Hatten sie nicht auch Tante Bettines Museum für Tiere, ihre Scheidung und ihre Wiederverheiratung mit Onkel Clifford verstanden?

Den letzen Tag in Inverness verbrachte ich mit Billy. Er nahm mich zu einem Picknick mit. Seine Mutter hatte uns einen Lunch eingepackt. Sie machte sich fürchterliche Sorgen um ihn. Sie fand ihn noch zu jung für die Liebe, und wenn schon, warum mußte es gerade eine Ausländerin sein? Und wenn schon eine Ausländerin, warum dann ausgerechnet eine Italienerin? Um diesen Gefühlen des Schmerzes und Verlustes Ausdruck zu verleihen und um ihren Sohn enger an sich zu binden, veranstaltete sie wahre Backorgien und stopfte ihn mit den Resultaten. Diese teilte er bei unserm Picknick mit mir. Man schmeckte die unterdrückende Hand dieser Frau bei jedem Bissen heraus. Der Teekuchen war so zuckersüß, daß ein stechender Schmerz die Backenzähne durchzuckte. Mit ihrem schwarzen Rosinenbrot hätte man ein Fenster einwerfen können. Ich hatte ein paar Orangen mitgebracht, die ich schälte und Billy während der Fahrt in den Mund schob.

Nach einer Stunde Fahrt erreichten wir unser Plätzchen – eine verfallene Kirche und einen alten Friedhof an einem Fluß. Wir breiteten unsere Decke auf dem Friedhof aus. Das jüngste Grab war zweihundert Jahre alt.

Billy strahlte. «Warum haben Sie Ihre Kamera nicht mitgebracht? Das ist unser letzter Tag, ich möchte mich an alles erinnern. Manchmal habe ich das Gefühl, das Leben entfaltet sich vor einem wie diese bemalten, japanischen Fächer. Alles wirkt so schön und intensiv. Ich hasse es, von einer Minute auf die andere zu leben. Ich möchte alles behalten. Ich möchte nicht, daß die Minuten einfach so davonfliegen. Ich möchte jede Sekunde unverändert im Gedächtnis behalten.»

Er gähnte und streckte sich und ließ sich mit einem glücklichen Lächeln auf die Decke fallen. In wenigen Minuten war er eingeschlafen.

Dieser glückliche junge Mann war gesättigt. Erfüllt von dem Augenblick, schlief er so mühelos ein wie eine Katze. Ich sah zu ihm hinüber, und es gab mir einen Stich von Zärtlichkeit oder Wut, ich konnte es nicht entscheiden. Ich merkte, daß ich mit dem Gedanken spielte, ihn zu verführen. Das hat man davon, wenn man sich der Welt aussetzt, man wird von Gefühlen gebeutelt, von deren Existenz man überhaupt nichts wußte. Ich wollte ihn verführen und an ihm Spuren von Verwirrung und Unordnung hinterlassen, wie ein enttäuschter Liebhaber einen Baum mit den Initialen eines Mädchens verstümmelt, das ihn abgewiesen hat. Ich konnte ihm eine Lektion in Tragik und Seelenqualen ertei-

len und ihn zu Marina zurückschicken, für immer gebrandmarkt – durch mich.
Er würde seine Lektion lernen. Und würde ich ihm zehn Jahre später auf einem Flugplatz begegnen, so würde er sich kaum noch an mich erinnern, oder wenn doch, so würde er mir ein Foto seiner Frau zeigen, und diese Frau würde nicht Marina sein. Er würde Dutzende von Marinas haben.
Ich ging zum Fluß hinunter, setzte mich ans Ufer und sah zu, wie das Wasser vorbeiströmte. Über mir wölbte sich ein riesiger, blauer, schottischer Himmel voll heller Wolken. Ich war auf dem Weg nach Hause. Eines Tages würde all dies zu meinen Erinnerungen gehören. Ich besaß ganze Fotoalben von Raggy und kein einziges Bild von Francis Cluzens. Ich war sorgsam darauf bedacht gewesen, keines von ihm zu machen. Gewisse Dinge sollte man nicht festhalten – sie sollten im Gedächtnis bleiben, scharf wie eine Glasscherbe, an der man sich schneidet.
Wie glücklich Billy doch war, der für alles klare Begriffe hatte. Liebe *war* ein Prozeß für ihn. Ein Weltbild wie seines schloß alles ein, sogar ein beiläufiges Ereignis, das er, wenn es ihm zustieße, bestimmt gern endlos auswalzen würde. Konnte man leben, wenn man sich an alles erinnerte? Und konnte man richtig leben, wenn man sich an nichts erinnerte?
Als ich zurückkam, wachte Billy auf und rieb sich die Augen. Gähnend entblößte er das zarte Rosa seines Gaumens. Wie glücklich er war! Ein Ausflug ins Grüne mit einer geschiedenen Amerikanerin, die im Begriff war, zu ihrem ersten Mann zurückzukehren; die ihr Haar in einem Knoten trug, die sich ein seidenes Halstuch umgebunden und die ihre Feuerprobe bestanden hatte und auf dem Gipfel des Berges wieder auftauchte – geläutert.
Er nahm mich bei der Hand und führte mich auf dem Fried-

hof herum. Neben der verfallenen Friedhofmauer befand sich eine Gruft. Er zog an meiner Hand, und wir setzten uns. Aus seiner hinteren Hosentasche holte er seinen Kerzenstummel hervor, zündete ihn mit meinem Feuerzeug an und stellte ihn auf die Gruft. Dann brachte er noch einen Bogen Luftpostpapier und einen Füllfederhalter zum Vorschein. Er lehnte sich bei mir an. Wie die meisten Menschen, die geschlafen haben, strahlte er Wärme und Wohlbehagen aus.

«Kannst du mir mein italienisches Wörterbuch geben?» sagte er. «Es ist in meiner Jackentasche.»

Während er schrieb, rückte er noch näher an mich ran. Ab und zu schaute er mich an und lächelte mir zu, als seien wir verwandte Seelen.

Die kleine Kerze flackerte auf der Gruft. Ich schaute ihm über die Schulter und mit den spärlichen Resten meines Schulitalienischs konnte ich folgendes entziffern:

Mein Liebes,

Ein ganz wundervoller Augenblick in meinem Leben, ich fühle mich dir so nahe, daß ich die Stunden bis zu unserm Wiedersehen nicht zu zählen brauche. Wir sind einander so nahe, wie sich zwei Menschen nur nahekommen können. Dir gehört jeder meiner Atemzüge. Diese Augenblicke sind für immer in mein Herz eingegraben.

Schlittschuhläuferin

Ich wuchs im Schatten eines großen Mannes auf – des berühmten amerikanischen Dichters James Honnimer. Meine Familie lebte auf dem Campus einer Universität, deren Sensation Honnimer war. Seine Klassen mußten aufgeteilt werden; seine Lesungen verursachten Verkehrsstauungen auf den Straßen der Stadt. Und wenn er wieder einmal von der Verleihung eines der Preise zurückkehrte, mit denen er ständig ausgezeichnet wurde, gab man den Empfang ihm zu Ehren in der Aula, denn kein Privathaus wäre groß genug gewesen. Spielte er Tennis, so war der Tennisplatz gesäumt mit Studenten, die ihren Helden wie einen ganz normalen Sterblichen schwitzen sehen wollten; und verließ er den Campus, so spürte man die Veränderung – irgend etwas erstarb.

Als ich noch ein Kind war, spielte Honnimer bereitwillig bei allen Geburtstagsfesten den Unterhalter. Er mochte so viele Kinder auf einem Haufen – und ganz besonders die aufgeweckten Sprößlinge seiner akademischen Kollegen. Wollten die Väter keine Narren aus sich machen lassen – Honnimer hatte nichts dagegen. Er ließ sich auf allen vieren nieder und brummte wie ein Bär. Er ließ die Kinder auf seinem Rücken reiten oder schwang sie auf seinen Armen so hoch, bis sie mit den Köpfen beinahe die Decke erreichten. Er konnte alle landläufigen Stalltiere imitieren, und er konnte wie ein Elefant trompeten. Er brachte den Kindern bei, wie man sich an den Fingerspitzen vom Türrahmen hängen läßt. Am liebsten jedoch erzählte er Geschichten. Bei jedem Geburtstagsfest konnte man ihn auf dem Sofa sehen, umgeben von Kindern, deren Füße kaum über die Sitzkissen reichten. Seine Kinderbücher basierten auf den Geschichten, die er auf diesen Festen erzählte; und wenn sie dann veröffentlicht waren, pflegte er aus ihnen vorzulesen und die Bilder zu zeigen. Ich haßte ihn.

Ich war das einzige Kind eines Dozentenehepaars. Mein Vater lehrte Mathematik; er war Honnimers Schachpartner. Meine Mutter unterrichtete Botanik und lieferte Honnimer die lateinischen Namen für die Blumen in seinen Gedichten. Wir waren eine stille Familie. Honnimer verwechselte diese Stille mit Traurigkeit; seine Gedichte enthalten Hinweise darauf, daß wir ihm traurig erschienen. Also erfüllte er unser Haus mit Lärm: mit ausholenden Gesten, heftig hervorgebrachten Meinungen, seinem dröhnenden Lachen. Meine Eltern, die ihn vergötterten, hatten nichts dagegen, wenn er so ihren Frieden störte, und er schien seinerseits die Ruhe, die sie ausstrahlten, zu genießen. Sie waren keineswegs wortkarg, aber sie hatten die ruhigen, ordentlichen Gewohnheiten von Wissenschaftlern. Ihre Kollegen ermunterten ihre Kinder, sich auszutoben, damit sie sich im späteren Leben nicht mit unterdrückten Gefühlen würden herumschlagen müssen. Und auch meine Eltern hätten nichts gegen ein extravertiertes Kind gehabt, aber ich war nun einmal keines. Ich war ruhig und ordentlich.

Von den Geschichten, die man mir als kleines Mädchen vorlas, beeindruckten mich am meisten die Erzählungen von indianischen Kindern, die nicht weinten, wenn sie sich weh taten. Statt dessen waren sie geschmeidig und tapfer und lernten, aus Weidenzweigen nützliche Dinge herzustellen. Ich durfte in den Wäldern und Wiesen, die den Campus umgaben, umherstreifen und übte mich nach Kräften darin, ein richtiger Indianer zu werden.

Meine Eltern lasen viel – wie ich –, aber sie brachten mir auch all die andern Dinge bei, die sie als Kinder geliebt hatten. Ich lernte schwimmen, angeln und segeln. Am Wochenende nahm mich meine Mutter auf vogelkundliche Wanderungen mit, und als ich lesen und schreiben gelernt hatte, schenkten mir meine Eltern einen Feldstecher für Kinder und ein Notizheft, in dem ich alles auflisten konnte. Honnimer wußte von all dem und war entzückt.

Ich war das Kind, das er am liebsten mochte, und es gab kein Entrinnen vor ihm. Wenn er einer Schar Kindern vorlas, so las er im Grunde nur für mich. Ich saß nie neben ihm auf dem Sofa, sondern auf meinem eigenen Stuhl oder auf dem Fußboden in der Ecke. Wenn er zu uns kam, bemühte er sich, mich aus meiner Reserve zu locken; er fragte mich, welche Vögel ich gesehen hatte, oder dachte sich einen Vogel aus und wollte von mir seinen Namen wissen. Im Frühjahr und Sommer brachte er mir Vogeleier und Federn und Feldblumen mit. Ich verstand selbst nicht, warum mich das so störte. Es paßte mir nicht, daß er über meine Vogeleiersammlung, meinen Schuhkarton mit den Federn und mein Album mit den gepreßten Blumen Bescheid wußte. Ich sah nicht ein, warum er sich die Mühe machte, überhaupt etwas über mich zu erfahren. Er war ein Erwachsener, und ich war ein Kind. Seine Aufmerksamkeiten ließen mich noch ruhiger und ernsthafter werden, als ich normalerweise war. Unterschied sich mein Verhalten von dem der anderen Kinder, so war Honnimer nur um so mehr entzückt von meiner «kindlichen Ernsthaftigkeit», wie er es nannte.

Alle andern vergötterten ihn. Er und seine Frau Lucy waren

das beliebteste Paar auf dem Campus. Lucy war blond und trug Kaschmirpullover. Sie ging häufig zu seinen Vorlesungen, setzte sich in die erste Reihe und blickte lächelnd zu ihm auf. Wenn er keine Zigarre mehr hatte, blickte er zu ihr herab, und sie reichte ihm eine. Sie konnte oder wollte keine Kinder haben. Sie hielten jedoch drei große, schwarze Katzen, von denen eine einmal im Jahr Junge bekam. Es gab eine Warteliste für diese Jungen, so wie es auch eine inoffizielle Lotterie gab, die entschied, wer Honnimer begleiten durfte, wenn er seinen Sportwagen in die Reparaturwerkstatt der nächsten Kreisstadt brachte. Fuhr Lucy mit ihm, so blieben auf dem Parkplatz immer ein paar enttäuschte Studenten zurück, die beobachteten, wie Honnimer und Lucy mit offenem Dach davonfuhren – Honnimer in seiner Armeejacke und Lucy mit einem Seidentuch über dem Haar. Studienanfänger verliebten sich in die Vorstellung von einem Paar wie sie.

Honnimer schlich sich näher und näher heran. Wenn ich mit meinen Angelgeräten oder meinem Feldstecher unterwegs war, sichtete er mich stets. Er fuhr entweder mit dem Auto dieselbe Straße entlang, oder er begegnete mir auf dem Weg zu den Tennisplätzen. Ich wartete schon darauf, so sehr hatte ich mich an diese Begegnungen gewöhnt. Sobald ich Honnimer sah, sah ich mich selbst: ein langbeiniges, schwarzhaariges Kind in Khakishorts, mit einer Angelrute in der Hand. Ich konnte kaum meinen Feldstecher vom Haken holen, ohne mich selbst dabei zu beobachten.
Ich lernte nicht nur, ein Indianer zu sein, sondern brachte mir auch das Schlittschuhlaufen bei. Meine Eltern gingen die ersten Male mit mir auf den Campusteich und hielten mir zum Festhalten einen Besenstiel hin. Sobald ich mein Gleichgewicht halten konnte, fing ich an, die besseren

Schlittschuhläufer zu beobachten. Ich studierte ihre Bewegungen und ahmte sie nach. Wenn man einmal ein Gefühl dafür entwickelt hat, bietet das Eis keinen Widerstand mehr.

Wenn das Eis auf dem Teich suppig wurde oder Sprünge bekam, gaben mir meine Eltern das Geld für den Bus, damit ich zu der Eisbahn in der Stadt fahren konnte. Dort saß die städtische Jugend auf den Zuschauertribünen, trank heiße Schokolade und tauschte Küsse. Die Kinder in meinem Alter johlten und purzelten auf das Eis; in der Mitte der Eisbahn, fern von den stürzenden Kindern, trainierten die ernsthaften Läufer. Ich stand am Geländer und beobachtete sie. Ich wollte nicht, daß man mir das Schlittschuhlaufen beibrachte. Ich wollte mir dieses Können selbst erwerben. Das, was man sich als Kind selbst beibringt, bleibt kostbar, und man bringt unendlich viel Geduld dafür auf. Meine Eltern wußten, daß ich Schlittschuh lief, und sie wußten auch, daß ich keinen Zuspruch oder teure Eislaufpullover zu Weihnachten wollte. Ich wollte nicht, daß sie meine Fortschritte verfolgten oder kommentierten oder sie sonstwie festhielten. Ich wollte kein Lob für meine Mühe.

Die Gruppe, die mich umgab, bestand aus den frühreifen Sprößlingen von Intellektuellen – ungestümen, lauten Kindern, die mit neun schon Differentialgleichungen lösen konnten und mit zehn drei Sprachen beherrschten, der ganze Stolz ihrer Eltern. Meine Eltern, spürte ich, waren einfach zufrieden mit mir. Sie interessierten sich für meine Hobbies, aber sie mischten sich nicht ein. Wir hatten drei Arten von Vergnügungen: meine, ihre und unsere. Mein Vater war ein begeisterter Angler und zeigte mir, wie man Fliegen befestigte. Im Frühjahr brachen wir mit unserm Zelt zu einem Forellenteich auf und verbrachten ganze Tage bis zu den Hüften im Wasser, uns die Stechmücken aus den Augen scheuchend. Mit meiner Mutter zusammen beobachtete ich Vögel, und ihr verdanke ich auch die ordentliche Angewohnheit, Aufzeichnungen über meine Beobachtungen zu machen. Aber sie ließen mich in Ruhe, denn sie schätzten es selbst, in Ruhe gelassen zu werden.

Mein Leben wäre vollkommen glücklich und in keiner Hinsicht bemerkenswert gewesen, hätte es nicht Honnimer gegeben. Er studierte mich. Er wußte, welche Puppen mir gefielen – solche mit echten Porzellanköpfen, -händen und -füßen. Er wußte, daß ich Speerspitzen und Tierknochen sammelte und daß ich schon einmal versucht hatte, mir einen Bogen aus Weidenholz zu schnitzen. Er widmete mir eines seiner Kinderbücher. Er benutzte meinen Namen in einem Gedicht, «Ein Tag auf den Weiden mit Bernadette Spaeth». Und war er bei uns zu Hause, um mit meinem Vater Schach zu spielen, so ließ er mich nicht aus den Augen. Er hatte mich auserwählt. Für mich war das das Schlimmste, was er tun konnte.

Mit fünfzehn war ich eine recht fortgeschrittene Schlittschuhläuferin. Ich ging jeden Nachmittag zur Eisbahn, und im Winter lief ich an jedem Wochenende auf dem Teich, immer jedoch zu ungewöhnlichen Zeiten, um eine zu volle Fläche zu vermeiden. Zum Herumspielen zog ich den Teich vor. Ich sah gerne Bäume, wenn ich meine Pirouetten drehte. Wollte ich jedoch ernsthaft laufen, so war die Eisbahn geeigneter.

An einem dieser Nachmittage sah ich ein älteres Mädchen eine komplizierte Drehung ausführen. Ich schloß die Augen und versuchte sie in Gedanken nachzumachen. Dann blickte ich auf. Kaum sichtbar im Dunkeln, ganz oben auf den Zuschauerrängen, stand Honnimer und starrte mich an.

Du dienst dem Dichter als Inspiration, schien er zu sagen. Wenn du denkst, ich würde dir nachspionieren, dann erzähl es doch deinen Eltern. Sie werden dich für albern und hysterisch halten. Sie werden dir erklären, wie große Kunst entsteht.

Natürlich schrieb er ein Gedicht mit dem Titel «Die Schlittschuhläuferin». Und das war auch der Titel seines nächsten Bandes, den meine Eltern zusammen mit all seinen andern Büchern auf dem Tisch im Arbeitszimmer liegen hatten. Meine Eltern bewunderten sein Werk und hatten nichts dagegen, wenn er über ihre Tochter schrieb. Sie wußten, daß seine Bernadette nicht ich, sondern eine verwandelte Bernadette war.

Es war einfach unmöglich, ihm auszuweichen. Wenn ich mich zurückzog, spürte ich, daß er diesen Rückzieher respektierte. Und wenn ich mich von allen Orten fernhielt, an denen er auftauchen konnte, so interessierte ihn dieses Fernbleiben. Wenn ich einmal das Wort an ihn richtete, so hörte er voller Aufmerksamkeit zu, als würde meine Stimme eine ganz neue Seite meines Wesens enthüllen. Wohin ich ging, Honnimer war da. Am Abend meines Schulabschlußballs war er bei meinen Eltern zu Besuch. Als ich die Treppe hinunterkam, sah ich die wohlbekannte Rauchfahne seiner Zigarre über dem Ohrensessel. Ich war nur ein junges Mädchen auf dem Weg zu seinem Abschlußball, aber dieser Ball, das wußte ich, würde Unsterblichkeit erlangen. Falls ich einmal die Farbe meines Kleids vergessen sollte, brauche ich nur in Honnimers Gedicht nachzuschauen.

Ich hatte das Gefühl, neben dem Leben, das ich führte, ein zweites zu besitzen, ein Leben in Honnimers Vorstellung – aber ich hatte keine Ahnung, wie dieses Leben aussah. Es gibt gewisse elementare Bande, und das, was Honnimer mit mir verband, gehörte dazu. Er zählte auf jene Anziehungskraft, die von jemandem ausgeht, der einen beim Schlafen beobachtet oder von einem geträumt hat und darüber berichtete. Ich fragte mich, was er alles wußte. Er nahm mir das Recht zu wissen, wann ich allein war.

Sein letztes Buch hieß *Die Schwarze Knospe*. Als es erschien, hatte ich gerade noch ein Jahr College vor mir. Honnimer ließ es mir durch seinen Verlag zuschicken. Ich ließ es wochenlang ungelesen auf meinem Schreibtisch herumliegen. Es erinnerte mich daran, daß ich drei Jahre lang gebetet hatte – gebetet, daß Honnimer nie an meinem College seine Gedichte lesen würde. Und es erinnerte mich an diese übereifrigen Literaturstudentinnen, die versucht hatten, mich über ihn auszufragen, an die Englisch-Dozenten für die ersten Semester, die sich auf mich stürzten – an die allgemeine Überzeugung, daß ich Honnimers Geliebte gewesen war und sei.
Einmal spätabends las ich die Gedichte dann schließlich. Ich verstand nichts von moderner Dichtung und von Honnimers Werk erst recht nichts. Die Schwarze Knospe schien ein junges Mädchen zu sein. In dem Titelgedicht nahm der Dichter anscheinend die Knospe mit sich nach Hause und behielt sie nah bei sich, um beobachten zu können, was für eine Blüte sich daraus entwickeln würde. In einem andern erblühte die Knospe – halb Blüte, halb Mädchen in eben dem Kleid, das ich im vergangenen Jahr zur Weihnachtsfeier meiner Eltern getragen hatte. Im letzten Gedicht brachte der Dichter seine Blume in ein Motel und entblätterte sie dort, Blatt für Blatt. Zu jener Zeit in meinem Leben war ich noch nie verliebt gewesen. Ich hatte nie einen Geliebten oder eine Affäre gehabt. Honnimers Gedichte ließen mich spüren, wie sich meine Beine bewegen würden, welche Worte ich sagen und wie mein Mund nach Stunden des Küs-

sens aussehen würde. Ich konnte das Ende meiner Unschuld nicht selbst herbeiführen. Honnimer hatte es für mich getan.

Er erschoß sich zehn Tage nach meinem zweiundzwanzigsten Geburtstag. Meine Eltern schickten mir die Nachrufe, die in den Zeitungen erschienen waren; einige zitierten aus «Ein Tag auf den Weiden mit Bernadette Spaeth» und ein paar Gedichte aus *Die Schwarze Knospe*, um Honnimers dichterische Reise aus dem Licht ins Dunkel nachzuzeichnen. Ich las diese Zeitungsausschnitte in einer Hütte über der Casco Bay – ich hatte ein Forschungsstipendium bekommen, um das Flugverhalten junger Seevögel zu studieren –, und als ich damit fertig war, nahm ich den Brief meiner Eltern, meinen Feldstecher und ein Notizheft und stieg zu meinem Beobachtungsplatz hinunter, einigen aus dem Wasser ragenden Felsen in der Nähe des Brutplatzes eines Kormorans.

In dem Brief stand, Honnimer sei immer depressiver geworden. Er und Lucy hätten sich getrennt. Er hätte angefangen, seine Vorlesungen ausfallen zu lassen, etwas, was in all den Jahren, die er unterrichtet hatte, nie vorgekommen war. Und wenn er mit meinem Vater Schach spielte, sei er unkonzentriert und schweigsam gewesen. Schließlich schien meine Mutter die einzige Person zu sein, die er noch sehen wollte; sie brachte ihm sein Abendessen und leistete ihm Gesellschaft. Den letzten Tag seines Lebens verbrachte er in der Bergmeister-Sammlung – einer kleinen, sehr schönen Gemäldesammlung, die ein Aluminiumfabrikant dem College vermacht hatte. Honnimer, schrieben meine Eltern, hatte sich zu Hause erschossen, ohne einen Abschiedsbrief zu hinterlassen.

In der Bergmeister-Sammlung hatte ich ihn zum letztenmal gesehen. Immer wenn ich vom College nach Hause kam, wandelte ich auf den Spuren meiner Kindheit. Ich ging in die Stadt zur Eisbahn. Ich saß in dem Baum, in dem ich die *Lebensgeschichte eines Grizzlybären* gelesen hatte. Ich ging angeln und zu meinem Lieblingsplatz auf der Weide, um Habichte zu beobachten. Dann ging ich in die Bergmeister-Sammlung.

Bergmeister hatte dem College einige niederländische Blumenstücke, einige englische Landschaften, einen großen Corot, mehrere Gemälde der Hudson River School und ein deutsches Altarbild gestiftet. In einem sehr dunklen Raum hingen vier kleine Bilder – zwei aus Siena und zwei aus der Toskana. Bilder, die ich immer begrüßen kam und von denen ich mich verabschieden ging. Eines stellte eine Pietà, ein anderes eine Kreuzigungsszene dar. Zwei zeigten die Geburt Christi. Auf diesen beiden sah das Jesuskind sehr erwachsen und Maria im Vergleich zu ihm sehr kindlich aus. Alle vier Bilder hatten Goldrahmen und wurden von Messinglampen beleuchtet. Die Figuren waren auf Goldgrund gemalt. Jede hatte einen Heiligenschein aus getriebenem Gold. Betrachtete man diese Bilder längere Zeit, so schien sich der Raum um einen herum in schwarzen Samt zu verwandeln. Man mußte blinzeln, um das Gold wieder aus seinen Augen zu vertreiben. Man wandte sich ab, blickte in den schwarzen Samt und erwartete, daß einem ein anderes Bild aus dem Dunkel entgegenleuchten würde.

Ich stand vor der Pietà, starrte auf die stilisierten, leidvollen Gesichter, die mir nie wie die Gesichter wirklicher Menschen vorkamen, bis ich dann näher an sie herantrat und die winzigen Details wahrnahm, wie die Träne auf Marias Gesicht. Ich wandte mich einer Geburt Christi zu und bemerkte, daß jemand neben mir stand. Es war Honnimer.

«Es sind auch meine Lieblingsbilder», sagte er. Ich konnte ihn kaum sehen. Meine Augen wollten sich nicht an das

Dunkel gewöhnen. Mein Herz schien sehr laut zu pochen, und meine Fingerspitzen waren plötzlich kalt.
Langsam nahm er Gestalt an: seine lange, feine Nase; seine ovalen Augen, die bei Licht haselnußbraun waren; seine Haarmähne und sein knisternder Bart. Er war ganz nahe an mich herangetreten. Ich konnte den würzigen Geruch wahrnehmen, den Zigarrenrauch in Kleidern hinterläßt, und ich fürchtete mich mehr denn je zuvor. Was hätte ich sagen können? Er kam noch näher. Er sagte: «Ich weiß, du fährst bald wieder zurück in dein College. Ich vermisse dich immer, aber ich behalte dich in Gedanken bei mir.» Dann beugte er sich zu mir herab und küßte mich auf die Stirn. Mir war, als stünde er für Stunden neben mir, aber es werden wohl Sekunden gewesen sein. Dann war er verschwunden, zurück blieb ein warmer Kreis, dort, wo mich seine Lippen berührt hatten. Sobald ich sicher war, daß er das Gebäude verlassen hatte, ging ich nach Hause und rieb unterwegs die Stelle auf meiner Stirn, wo er mich geküßt hatte.

Eine altmodische Liebesgeschichte

Die Rodkers hatten einen Sohn namens Nelson, den alle Welt Nellie nannte. Die Leopolds hatten eine Tochter namens Elizabeth. Marshall Rodker und Roger Leopold waren zusammen aufs College gegangen und hatten zusammen Jura studiert und um ihre zukünftigen Ehefrauen geworben, die sich ein Zimmer im Studentenwohnheim teilten. Nelson war zwei Jahre älter als Elizabeth und in jeder Beziehung ein Musterknabe. Elizabeth hingegen war von Anfang an ein wildes, ungebärdiges und temperamentvolles Kind gewesen; sie war jedoch außerordentlich hübsch, und solche Kinder nennt man nie schwierig: Man nennt sie originell. Beide Seiten hatten den brennenden Wunsch, daß ihre Kinder sich anfreunden und später als Erwachsene genügend Zuneigung füreinander entwickeln würden, um den Bund fürs Leben zu schließen.

Um ihre glückliche Zukunft in die Wege zu leiten, brachte man die beiden Kinder zusammen. Wenn Elizabeth sich schlecht zu benehmen drohte, legte Elinor Leopold ihre warme Hand auf Elizabeths Unterarm und sagte, während sie sie leicht kniff – ein Kneifen, das Elizabeth zu fürchten lernte – mit entschlossener Sanftmut: «Liebling, möchtest du nicht das Chemielabor unseres lieben Nellie ansehen?» Elizabeth mochte es nicht sehen – sowenig wie seine Briefmarkensammlung oder seine tadellosen Mathematikhefte oder die Modellstadt, die er mit seinem Legokasten erbaut hatte. Und als sie etwas älter war, mochte sie in der Tanzstunde nicht mit Nelson tanzen und nicht auf seine Schulfeste gehen. Aber sie tat es trotzdem. Dieser warme Druck auf ihrem Unterarm war so wirksam wie eine Ohrfeige, obwohl ihr Gehorsam nicht nur durch Kneifen und entsetzte Blicke erzwungen wurde. Elizabeth hatte angefangen, ein geheimes Leben zu führen: Sie hegte einen geheimen Haß sowohl auf Nelson wie auf die Rodkers. Während sie noch zu jung war, um sich zu fragen, ob dieser Haß auch ihre Eltern einschloß, so war sie doch davon überzeugt, daß diese, wenn sie ihr Nelson aufzwangen und die Rodkers als ihre besten Freunde betrachteten, auf irgendeine Weise gegen sie sein mußten. Zugleich entdeckte sie, daß sie sich erstaunlich einfach an der Nase herumführen ließen. Wenn sie Nelson zulächelte, waren sie glücklich und fanden ihr Benehmen tadellos. War sie jedoch grob und unhöflich, so bedeutete das wochenlange Qualen – die Qualen ständiger Vorhaltungen. So lernte sie, ein lächelndes Gesicht aufzusetzen, während sie ihren lodernden Haß unter Kontrolle hielt. Es war nun einmal leider so – ein Nachmittag mit Nelsons Briefmarkensammlung brachte ihr zwei Nachmittage im Park mit ihren wirklichen Freunden ein.

Elizabeths Freunde wurden von Masern, Windpocken, Mumps befallen, Elizabeth jedoch betrachtete Nelson als ihre Kinderkrankheit. Im Lauf der Jahre gelangte sie zu der Ansicht, er habe ihr die Kindheit verdorben, aber mit zwanzig erkannte sie, was sie an ihm gehabt hatte. Ohne ihn hätte sie nie gelernt, sich gänzlich gegen ihre Eltern abzuschirmen. Sie lernte von ihm, wie einfach man sich ihre Sympathie erringen konnte: Nelson zog sich warm an, wenn es kalt war. Und er buk Plätzchen, wenn seine Mutter Geburtstag hatte. Er spielte Schach mit seinem Vater. Und das schien zu genügen – eine sehr nützliche Lektion, die bei Elizabeth auf fruchtbaren Boden fiel; sie war überzeugt, daß sich unter Nelsons frisch gewaschenem, gewelltem Haar eine Ratte, ein Kriecher, ein Verräter an allen Kindern verbarg.

Nelson hatte einen älteren Bruder namens James. James war acht Jahre älter als Elizabeth, ein richtiger Greis in ihren Augen. James war auf eine sehr fortschrittliche Schule für hochbegabte und schwererziehbare Kinder reicher Leute geschickt worden. Er lernte, Joints zu drehen, ohne Führerschein Auto zu fahren und beim Kartenspielen Geld zu gewinnen. Als diese neuerworbenen Fähigkeiten zutage traten, wurde James seiner allzu liberalen Umgebung entrissen und in eine der ältesten und nobelsten Schulen gesteckt, ein letzter Versuch, aus ihm eine führende Persönlichkeit zu machen. In diesem neuen Rahmen verlegte er sich aufs Biertrinken; er ließ Feuerwerkskörper in Mülltonnen explodieren und vergnügte sich mit den Mädchen der Stadt. All diese Neigungen rundete er dann vor seinem Examen noch mit einem Hang zu umstürzlerischer Literatur ab, und er kam Marx, Mao und Huysmans deklamierend nach Hause.
Auf dem College nahm er weitere schlechte Angewohnheiten an, wie Geld auszugeben, Wein zu trinken, junge Mädchen zu verführen und sich kurz vor den Thanksgiving-Ferien, die er im Kreis der Familie verbringen sollte, irgendwelche Knochen zu brechen. Trotz allem war er sehr gescheit und bestand sein Examen mit Auszeichnung. Am Vorabend der Abschlußfeier wurde er zusammen mit ein paar seiner zweifelhaften Freunde wegen Erregung öffentlichen Ärgernisses festgenommen und mußte die Nacht im Gefängnis verbringen. Das war als Denkzettel für ihn ge-

dacht. Am nächsten Morgen wurde er dann wieder freigelassen – seine Fingerabdrücke wurden ihm in einem Manilaumschlag überreicht, damit er auch sehen konnte, wie freundlich sich die Polizei gegenüber jungen Männern verhielt, die eines Tages ihre gewählten Oberhäupter sein würden.

Elizabeth wurde von ihren Eltern über James' Schandtaten auf dem laufenden gehalten; sie meinten, er würde Marshall noch unter die Erde bringen und der armen Harriet das Herz brechen. Nelson sprach von seinem Bruder wie von einer erbärmlichen Tierart.

Bei einer Partie Scrabble, die er natürlich im Begriff war zu gewinnen, ließ sich Nelson über die Verhaftung seines Bruders aus.

«Armer Pappi, arme Mammi, Jimmy wurde festgenommen, stell dir das vor. Sie gaben ihm zwar seine Fingerabdrücke wieder zurück, aber er wird es immer auf dem Gewissen haben, und wenn ihn jemand fragt, ob er schon einmal im Gefängnis war, dann muß er ja sagen.»

«Warum muß er?» fragte Elizabeth.

«Weil es die Wahrheit ist», sagte Nelson. «Abgesehen davon ist es kindisch und dumm. Es ist genauso einfach, sich nicht einsperren zu lassen, als sich einsperren zu lassen.»

Nelson war damals beinahe sechzehn. Er war ein hübscher, etwas ausdrucksloser Junge, den Elizabeth immer abstoßender fand. Seine Kleider waren immer sauber und ordentlich. Sein Haar immer gekämmt. Elizabeth wußte, daß er in Büchern Passagen unterstrich, eine Angewohnheit, die sie nicht ausstehen konnte. Wenn er las, saß er aufrecht in seinem Ledersessel, unter einer richtigen Leselampe und hielt das Buch im richtigen Winkel. Elizabeth, die mit einer Taschenlampe unter der Bettdecke las, fand auch diese Haltung unerträglich.

Nachdem er kurz das Scrabblebrett studiert hatte, setzte Nelson genialerweise das Wort «vugh» ein, dessen Existenz Elizabeth bezweifelte, aber sie protestierte nicht. Es war zwecklos, sich mit Nelson anzulegen. Er war allwissend, und er mogelte nie. Eine von Harriet Rodkers Lieblingsgeschichten über ihn drehte sich auch prompt um eine Ehrensache. Der siebenjährige Nelson hatte seinem Vater erzählt, daß er in Mrs. Williamsons Laden zwei Radiergummis gestohlen hatte. Sein Vater meinte, er solle sie wieder zurückbringen.

«Aber das geht nicht», hatte Nelson geantwortet. «Ich fand es so schrecklich, daß ich das getan hatte, drum hab ich sie weggeworfen.»

Marshall Rodker fragte daraufhin seinen Sohn, wie er es denn wieder gutmachen wolle – *ob* stand natürlich erst gar nicht zur Debatte. Nelson hatte gesagt: «Ich gehe zu Mrs. Williamson, erzähle ihr, was ich gemacht habe, und gebe ihr das Geld zurück.» Gesagt, getan. Und Mrs. Williamson schwor, ihr sei noch nie ein so anständiger Junge begegnet wie Nelson Rodker. Elizabeth zweifelte nicht an der Wahrheit dieser Geschichte, mit der Ausnahme eines Details. Sie war sich sicher, daß Nelson die Radiergummis nicht weggeworfen hatte; sie wußte, daß er sie gegessen hatte. Und wenn seine Eltern weg waren, das wußte sie ebenfalls genau, machte er sich nach der *Kunst des Kochens* einen Kartoffelbrei, um ihn mit den Händen essen zu können.

Nelson und Elizabeth gingen auf zusammengehörende Schulen, auf denen sich Nelson hervortat. Er gewann den Preis für Latein, die Auszeichnung für vorbildliches staatsbürgerliches Verhalten, die Medaille für Mathematik und war der Beste seines Jahrgangs. James Rodker, der sich sowieso immer seltener gezeigt hatte, war inzwischen völlig aus dem Blickfeld seiner Eltern verschwunden – er hatte sich nach England abgesetzt, wo er angeblich Volkswirtschaft oder Geschichte studierte. Nur die Leopolds wußten, wie spärlich die Nachrichten flossen. Bei den Abendgesellschaften fiel sein Name im Zusammenhang mit dem Stichwort Wirtschaftsgeschichte, aber bei den Bridgeabenden der Rodkers und Leopolds wurden ganz andere Dinge enthüllt. Elizabeth, die an der Bibliothekstür lauschte, erfuhr, daß den Rodkers jedesmal, wenn sie ihn in London besuchen wollten, mitgeteilt wurde, er sei gerade im Ausland, und wenn er zufällig einmal anwesend war, tauchte er mit irgendwelchen indischen oder orientalischen Mädchen auf, die ganz eindeutig seine Geliebten waren. Elizabeth sehnte diese Bridgepartien herbei. James' Karriere erfüllte sie mit Bewunderung. Sie, der Nelson ständig als leuchtendes Beispiel vorgehalten wurde, konnte kaum umhin, sich für jemanden zu begeistern, der sich richtig skandalös benahm.

Die schönen Töchter der besorgten Bourgeoisie werden wie Orchideen gehegt, vor allem in einer Stadt wie New York. Elizabeth durfte bis zu ihrem dreizehnten Lebensjahr nur in Begleitung einen Bus benutzen. Ihre Freunde wurden genau unter die Lupe genommen. Die kleine O'Connor war gewöhnlich – daß ihr Vater den Pulitzerpreis gewonnen hatte, änderte daran nichts. Der kleine Jefferson war farbig – daß sein Vater Diplomat war, tat da nichts zur Sache. Und so ging es weiter. Die einzige von Elizabeths Freundinnen, die vor Mrs. Leopolds Augen Gnade fand, war Holly Lukas, deren Mutter zu den alten Freunden der Familie zählte. Holly war auch die einzige, die mit dem Vornamen beehrt wurde. Elizabeth brachte also ihre wirklichen Freunde erst gar nicht mit nach Hause, da sie, mit der Ausnahme von Holly, alle nicht akzeptabel waren: Kinder aus kaputten Familien, Söhne und Töchter von Leuten mit seltsamen politischen oder religiösen Einstellungen oder von Filmproduzenten, die auf der schwarzen Liste standen. Elizabeth mußte die bittere Erfahrung machen, daß diese Kinder bei ihr zu Hause wenig freundlich behandelt wurden. Ihre sozialen Kontakte hätten darunter ziemlich leiden können – zum Glück wollte aber keiner ihrer Freunde bei sich zu Hause Gäste haben. Sie hatten alle schon sehr früh erkannt, daß sich ein Privatleben am besten in der Öffentlichkeit führen ließe.

Und dann passierte die Sache mit der Fifield-Reitschule. Wie die meisten Mädchen ihres Alters entdeckte auch Elizabeth ihre Leidenschaft für Pferde. Eine Leidenschaft, die sie nicht mit ihren Eltern teilen wollte, da diesen eine Reitstunde pro Woche völlig ausreichend erschien. Sie traf also folgendes Abkommen: Für eine kostenlose Reitstunde würde sie jeden Dienstag die Ställe ausmisten. Das geschah jedoch hinter dem Rücken ihrer Mutter, die sie teuer eingekleidet hatte. Dieses Reitkostüm nahm Elizabeth in einem Rucksack mit neben ihrer eigentlichen Reitkleidung – einem alten Paar Jeans und einem schäbigen Pullover.

Es wurde bald entdeckt, daß Elizabeth an einem weiteren Nachmittag der Woche spät und penetrant nach Pferden riechend nach Hause kam. Sie mußte ihre Reithosen am Lieferanteneingang ablegen, und als sich an diesem Kleidungsstück kaum Pferdegeruch feststellen ließ, wurde eine Suche veranstaltet, und die anstößigen Bluejeans kamen zum Vorschein. Mrs. Leopold setzte sich, um ihre Tochter zu verhören. Elizabeth blieb stumm. Ein Wort über Pferdemist, und mit dem Reiten wäre es vorbei. Aber nichts hätte Mrs. Leopold gleichgültiger sein können als Pferdemist, sie war vielmehr ungeheuer erleichtert, als sie erfuhr, daß ihr makelloses, kleines Mädchen an einem Tag in der Woche mit einer Mistgabel zu Gange war.

Sie fragte: «Wer arbeitet in dem Stall?»
Elizabeth sagte: «Du weißt doch, Mr. Fifield. Dieses Mädchen Franny Hatch und ein paar Jungen.»
«Welche?»
«Ach, die kennst du doch. Douglas Fifield und Buddy, der die Kleinen an der Longe herumführt.»
Das Verhör ging weiter, bis Mrs. Leopold endlich zu dem Punkt kam, der ihr eigentlich am Herzen lag.
«Haben dieser Douglas oder dieser Buddy schon einmal versucht, dich zu berühren?»
Elizabeth war damals vierzehn, Jungen betrachtete Mrs. Leopold offensichtlich nicht als die eigentliche Gefahr. Die sah sie in Elizabeth selbst. Welche lüsterne Anwandlung bewog ein Mädchen dazu, ihre Zeit mit Stallarbeit zu verbringen?
Außerdem glaubten Eltern damals noch an Kameradschaft mit ihren Kindern. Als Elizabeth ihre Neigung für Vogelkunde oder Eislauf entdeckte, wurde Briefpapier bestellt, auf das Vögel oder Schlittschuhe geprägt waren, falls sie den Wunsch haben sollte, ihren Verwandten zu schreiben. Diese Verletzung der Privatsphäre galt als harmlos und gutgemeint und wurde von den meisten Eltern praktiziert.
Als Elizabeth aufs College kam, witterte sie zum erstenmal Freiheit. Während andere Mädchen, die eine ähnlich strikte Erziehung genossen hatten, über alle Stränge schlugen, genoß es Elizabeth, einfach nur in Ruhe gelassen zu werden, spät aufzubleiben und lesen zu können, was sie wollte. Die Leopolds hatten nichts gegen das Lesen selbst einzuwenden, nur gegen Elizabeths Lesegewohnheiten, die zu einer Überanstrengung der Augen, zu schlechter Haltung führen mußten; und zuviel Lesen machte einseitig. Genauso wichtig war zu segeln, sich gut anzuziehen, eine Fremdsprache zu beherrschen und gut Tennis zu spielen. Da Elizabeth zu

Hause nie den Luxus genossen hatte, ungestört schmökern zu können, hatte sie auf dem College überhaupt keine Zeit für Saufereien oder Promiskuität.

In den Ferien war sie daheim die Wohlerzogenheit in Person. Als sie mit zwanzig ihre erste Affäre erlebte, war sie erwachsen genug, um auf Telefonanrufe nach Vermont zu verzichten – ihre Eltern hätten an Hand der Telefonrechnung auf einen Liebhaber schließen können. Elizabeths Eltern schätzten erwachsenes Verhalten. Hätten sie jedoch gewußt, welche Formen es bei Elizabeth angenommen hatte, wären sie entsetzt gewesen. Doch Elizabeth besaß ein bezauberndes Lächeln und tadellose Manieren.

Allerdings war ihre Mutter nicht restlos glücklich. Sie spürte, wie das alle Mütter spüren, daß ihre Tochter nicht über jene Dinge sprach, über die eine Tochter mit ihrer Mutter sprechen sollte. Es peinigte sie, daß Elizabeth so weit weg war und daß man keine ihrer College-Freundinnen ins Vertrauen ziehen konnte. Mrs. Leopold wußte, eines Tages würde es zum Eklat kommen. Elizabeth würde im Ausland studieren oder nach Afrika gehen wollen, oder sie würde ihre Verlobung mit irgendeinem schrecklichen Menschen bekanntgeben. Aber Elizabeth tat nichts dergleichen. Sie machte ihr Examen, ging zurück nach New York und fand eine Stelle.

Der Entschluß, in New York zu leben, war ihr nicht leichtgefallen, aber sie liebte New York und wollte es endlich einmal ihren eigenen Vorstellungen entsprechend erleben. Sie ging zu der Bank ihres Vaters und lieh sich genügend Geld, um in einer kleinen Straße im Village eine Wohnung zu mieten und so lange durchhalten zu können, bis sie selbst etwas verdiente; das von ihrer Großmutter ererbte Diamant- und Saphirarmband diente dabei als Sicherheit. Über einen Freund des Pulitzerpreisträgers O'Connor, des Vaters der

kleinen O'Connor, fand sie einen Job in einem Verlag und begann zu arbeiten.
Ihre Eltern standen vor einem Rätsel. Die Töchter ihrer Bekannten gaben in der *Times* ihre Verlobung bekannt, und diejenigen, die sich dem *Peace Corps* angeschlossen oder weiterstudiert hatten, ließen sich in der Rubrik «nützliche Mitglieder der Gesellschaft» einordnen – als wären sie einem Orden beigetreten oder würden ihr Leben den Armen widmen; Jane Addams als Beispiel vor Augen, die schließlich auch aus einer angesehenen, reichen Familie stammte. Ein weiteres Rätsel, vor das Elizabeth sie stellte, war ihre Weigerung, auch nur die kleinste Summe von ihnen anzunehmen. Mrs. Leopold wußte: Alles, was man den Kindern gibt, bindet sie an zu Hause. Die Tatsache, daß Elizabeth ihnen nichts schuldete, war – gelinde gesagt – beunruhigend.
Um das Ihrige zu tun, rief sie Elizabeth an und erkundigte sich, ob sie sich wohl fühle in ihrer kleinen, vollgestopften Wohnung, die sich bestimmt nicht richtig heizen ließ. Sie war sicher, daß Elizabeth im Sommer ersticken würde, und bot ihr eine Klimaanlage an. Sie befürchtete auch, daß die Müllmänner in diesem Teil der Stadt schlampige Arbeit leisteten und machte sich Gedanken darüber, was junge Mädchen wohl zu Abend aßen.
Elizabeth war glückselig. Sie konnte sich endlich aufs Bett werfen und andere Dinge als Vorlesungsnotizen und Pflichtlektüre lesen. Ihre Freunde, die tausend ungewöhnliche und gefährliche Möglichkeiten entdeckt hatten, ihre Freiheit zu genießen, fanden Elizabeth da eher etwas unbedarft; für sie bedeutete es jedoch ein Höchstmaß an Freiheit, das zu lesen, was sie lesen wollte. Die Nächte durchzumachen erschöpfte sie. Von Alkohol wurde ihr schwindlig, Drogen verwirrten sie oder machten sie krank und Promiskuität lag ihr nicht. Einen Liebhaber freilich hatte sie.

Es war ihr Nachbar, Roy Wayne Howard, ein kräftiger, großer Mann mit einem wilhelminischen Schnurrbart. Roy kam aus Ohio und organisierte Benefizveranstaltungen für die Zentrale demokratischer Gewerkschaften. Er suchte Geldgeber und trieb Rechtsanwälte auf, die ihre Dienste kostenlos zur Verfügung stellten. Einmal war er vermummt als Zeuge in einem Prozeß gegen ein paar Gangster aufgetreten, die protestierende Gewerkschaftsmitglieder bedroht hatten. Elizabeth, die verrückt nach ihm war, hielt ihn für sehr heroisch.

Elizabeth war Roy in ihrem Viertel begegnet. Sie lernten sich in dem Lebensmittelgeschäft kennen, das rund um die Uhr geöffnet hatte. Eines Abends stand Roy mit einer Flasche Whisky und zwei Gläsern vor der Tür. Er trank das meiste von dem Whisky, während er und Elizabeth sich aufs Korn nahmen. Nach mehreren solchen Abenden sowie einigen Nachmittagen, an denen sie im Fernsehen Footballspiele anschauten, und einem Essen in einem lausigen spanischen Restaurant wurden sie ein Paar; von da an waren sie zu Zeiten zusammen, zu andern nicht. Wenn sie zusammen waren, gingen sie zu Boxkämpfen, in Bars und in die Jazzklubs, die Roy mochte. Nach ungefähr einem Monat ließ sich Roy dann nicht mehr blicken. Bei ihm zu klingeln und ihn zur Rede zu stellen zu wollen erwies sich als nutzlos. Wochen vergingen, bevor sie sich zufällig wieder begegneten und alles wieder von vorne anfing.

So ging es ungefähr ein Jahr. Elizabeth liebte Roy und fand dieses Hin und Her unerträglich. Sie sprach mit Holly darüber.

«Es ist nicht auszuhalten», jammerte Elizabeth. «Warum tut er mir das an?»

«Das könnte ich dir sagen», meinte Holly. «Aber du willst es nicht hören.»

«Doch, ich will es hören.»
Holly, die Roy sehr bewunderte, erklärte: «Für eine so kluge Person, wie du es bist, Elizabeth, hast du einen ziemlich beschränkten Horizont. Du bist wie deine Mutter. Du siehst die Dinge so, wie sie dir in den Kram passen. Du denkst, Roy fürchtet sich vor zu großer Vertrautheit, was ja ganz gut klingen mag, die Wahrheit ist jedoch, daß Roy dich zu gerne hat, und immer, wenn er mit der Nase darauf stoßen wird, daß das Ganze keine Zukunft hat, macht er einen Rückzieher. Er tut das für euch beide.»
«Wie meinst du das, für uns beide?» fragte Elizabeth, die nach ihrem Taschentuch kramte.
«Roy ist großartig. Jeder, der nicht gerade blöd ist, findet das. Aber Roy trinkt zuviel. Roy zieht sich schlecht an. Roy möchte den einsamen Helden spielen. Roy hat dir erzählt, was er sich unter Glück vorstellt – eine Insel im Lake Michigan, ein Transistorradio und eine Kiste Scotch. Du wirst nie Roy heiraten, und Roy wird nie dich heiraten. Und da ihr beide ziemlich altmodisch seid, muß das irgendwelche Konsequenzen haben.»
«Ja», sagte Elizabeth. «Das stimmt. Und wenn ich mich an Roy hänge, brauche ich keinen andern zu heiraten.» Holly hatte ihr das schon einmal gesagt.
«Richtig», meinte Holly. «Wenn du Roy heiraten würdest, wärt ihr beide unglücklich. Finde dich also damit ab, daß du eine Affäre mit ihm hast, die zwar nicht unglücklich ist, aber auch zu nichts führen wird.»
Elizabeth erkannte, daß Holly recht hatte, aber dennoch ging sie mit Roy gelegentlich zu Boxkämpfen und in Bars.

Daneben ging sie ungefähr alle drei Wochen mit Nelson essen; und wenn ihre Mutter fragte: «Triffst du denn keine

netten jungen Männer?», so konnte sie wahrheitsgemäß antworten: «Ich treffe Nelson.»
Nelson rief an einem Mittwoch an, um sich mit ihr für Samstag zu verabreden. Immer erschien er in eleganten Sportjacketts und ausgesucht schönen Hosen. Elizabeth gab nur ungern zu, daß er gut aussah, aber so war es. Eines Abends erwähnte Nelson, einst der beste Jurastudent seines Jahrgangs, daß er unentgeltlich für Gefangene arbeitete.
«Du gehst in diesem Aufzug ins Gefängnis?» fragte sie.
«Ja, und meine Uhr trage ich auch.»
Besagte Uhr war sehr schwer und aus Gold, ein Familienstück der Rodkers.
«Die Knastbrüder müssen dich ja wirklich ins Herz geschlossen haben.»
«Ja, das haben sie auch, weil sie nämlich kostenlos einen erstklassigen Rechtsanwalt bekommen. Und warum sollte ich mich umziehen, wenn ich ins Gefängnis gehe? Ich würde es als Herablassung empfinden, wenn das jemand wegen mir täte.»
Daß er sich für die Gefängnisreform einsetzte, war ein besonders harter Brocken für Elizabeth. Nie war an einer von Nelsons Einstellungen etwas auszusetzen und, was noch schlimmer war, er tat sich nie etwas darauf zugute. Sie hätte frohlockt, wenn er sich zum Wirtschaftsjuristen entwickelt hätte, der republikanisch wählte und über die schleichende Gefahr des Sozialismus sprach. Statt dessen verdiente er enorm viel Geld *und* fand sich zu guten Taten bereit. Es gab einfach nichts, was ihm Elizabeth anhängen konnte.
Nelson führte sie immer in sehr gute Restaurants und bezahlte auch jedesmal, aber er erklärte: «Ich weiß, du lebst von dem, was du verdienst, da ich aber dreimal soviel verdiene wie du, wäre es blödsinnig, wenn du die Rechnung mit mir teilen wolltest. Du kannst mich ja einmal zum

Abendessen einladen, wenn du dich revanchieren willst. Deine Mutter hat meiner erzählt, du wärst eine tolle Köchin.»

Für Elizabeth war das ein heikles Thema. Sie hatte einmal ihre Eltern zum Abendessen eingeladen – zuvor jedoch alles, was ihren Anstoß erregen konnte, in Sicherheit gebracht. Alles, was mit Empfängnisverhütung zu tun hatte, wurde weggeschlossen. Jedes Buch, das ihre Mutter in die Hand nehmen und von dem sie sagen könnte: «Mein Liebling, *das* liest du?» Bis auf einige wenige verschwanden alle Flaschen unter dem Spülbecken. Überhaupt keine Flaschen würde bedeuten, daß Elizabeth völlig ungesellig war; zu viele, daß sie entweder selbst zuviel trank oder mit Leuten Umgang hatte, die zuviel tranken.

Mrs. Leopold, die diese Mahlzeiten «Elizabeths Boheme-Dinners» nannte, sagte zu ihrer Tochter: «Wo hast du es nur gelernt, Gewürze auf so originelle Art zu verwenden?» Was besagte, daß Elizabeth es von ihr nicht gelernt haben konnte – daß Gewürze ordinär seien und daß vernünftiges Essen für vernünftige Leute entweder schlicht amerikanisch oder französisch zu sein habe.

Elizabeth hatte also nicht die Absicht, sich zu revanchieren und Nelson zum Essen einzuladen. Sie nahm an, er wolle nur bei ihr herumspionieren. Trotzdem waren diese Essen mit ihm nicht unangenehm, aber gerade nach den angenehmsten zog sich Elizabeth, nachdem Nelson sie bis an ihre Haustür begleitet hatte, sofort um und ging nach nebenan zu Roy Howard.

Anfang Dezember zog Roy Howard fort. Er versprach, mit ihr in Verbindung zu bleiben, aber Elizabeth brach in Tränen aus. Roy sagte: «Ich liebe dich auf meine Art, aber dabei wird nie etwas herauskommen, nie.» Dann gab er ihr einen Kuß, und sie wußte, daß er auch weiterhin von Zeit zu Zeit

«Statt dessen verdiente er enorm viel Geld . . .

... und fand sich zu guten Taten bereit.» Nicht alle guten Taten müssen Geld kosten, aber materielle Hilfe ist oft die einzig wirkungsvolle Unterstützung. Für viele Menschen auch ein Grund zu sparen.

bei ihr auftauchen würde. Dennoch deprimierte es sie sehr, daß er fortzog. Sie sah Nelson häufiger als früher. Er fuhr mit ihr aufs Land oder ging mit ihr spazieren oder führte sie zum Essen aus. Er sprach mit ihr über ihre und seine Arbeit. Er war ein ausgezeichneter Lückenbüßer, und Elizabeth betrachtete ihn allmählich als einen guten alten Freund, als einen dieser Freunde, die einen mit der Vergangenheit verbinden. Bei einem ihrer Nachmittagsausflüge verriet er ihr, daß James zu Weihnachten nach Hause käme.

Um die Zeit, als Roy Howard auszog, griff ihre Mutter erneut an. Eines Tages erschien sie in Elizabeths Büro, um sie zum Lunch auszuführen.

Kurz darauf saß Elizabeth in einem Teesalon und stocherte in ihrem Salat herum, während ihre Mutter sie vorsichtig ins Kreuzverhör nahm. Warum sah sie so schlecht und so müde aus! Litt sie an Schlafstörungen? Sollte sie sich bei Dr. Goldhauer einen Termin für sie geben lassen? Erwarteten denn ihre Arbeitgeber, daß sie sich bis zur völligen Erschöpfung verausgabte? Mrs. Leopold hatte ein besonderes Geschick darin, sich ihre Tochter im schwächsten Augenblick vorzunehmen.

«Mir geht es ausgezeichnet. Ich hatte nur sehr viel zu tun diese Woche», sagte Elizabeth kühl.

Mrs. Leopolds Augen verengten sich – eine Kriegserklärung. Krieg hatte früher Verbote bedeutet – von Reitstunden und Telefonanrufen. Jetzt bedeutete er Vorhaltungen, die einzige Methode, die Mrs. Leopold noch blieb bei ihrem ergebnislosen Versuch, Näheres zu erfahren. Im Grundc wollte sie wissen, ob Elizabeth Liebeskummer hatte, da sie sich aber scheute, danach zu fragen, verlegte sie sich auf andere Dinge, die Loyalität der Familie gegenüber und Elizabeths Desinteresse für die Bedürfnisse anderer.

Elizabeth und Holly nannten diese Vorhaltungen «Die

Zehn Gebote einer Mutter», von denen sie keines befolgten: Du sollst deiner Mutter nichts verschweigen. Du sollst in der Nähe deiner Mutter leben. Du sollst deine Freunde mit nach Hause bringen, damit deine Mutter ihren Segen geben kann. Du sollst dein Liebesleben nicht geheimhalten. Du sollst dich nach dem Geschmack deiner Mutter anziehen. Du sollst dich deiner Mutter verpflichtet fühlen für große wie für kleine Beträge. Du sollst bei allen Gelegenheiten der Familie gegenüber unerschütterliche Loyalität beweisen. Du sollst deine Mutter nach ihrer Meinung fragen. Du sollst deine Probleme und deine Sorgen deiner Mutter anvertrauen, damit sie sich darüber aufregen kann. Du sollst dich der Putzfrau deiner Mutter bedienen.
Der Lunch war kein Erfolg, und Elizabeth und ihre Mutter verabschiedeten sich höchst übelgelaunt voneinander.

Eine Woche später fand die alljährliche Weihnachtsparty der Rodkers statt, und Elizabeth war bis zu den Zähnen bewaffnet. Als erstes hatte sie sich ein ärmelloses schwarzes Samtkleid gekauft, das vorne und hinten sehr tief ausgeschnitten war. Dazu besorgte sie sich eine Gardenie, die sie sich ins Haar steckte. Sie sah sehr hübsch darin aus, aber ihre Mutter konnte das Kleid nicht gutheißen und fand die Gardenie übertrieben. Nelson jedoch war hingerissen und sagte ihr das auch. Aber auf Nelsons Bewunderung kam es ihr nicht an: Sie war hinter James her. Sie hatte beschlossen, ein kleiner Skandal sei genau das, was sie brauchte. Es war an der Zeit, sich ihre Mutter vom Hals zu schaffen, die Rodkers vor den Kopf zu stoßen und endlich dieses Image einer wohlanständigen jungen Frau zu zerstören. Sie konnte auch auf einen Schlag all die ordentlichen Pläne, die sie für sie hatten, zunichte machen: eine glückliche Ehe mit dem netten Nelson oder mit jemandem, der ihm sehr ähnlich sah.

Nach ein paar Gläsern Champagner fühlte sie sich auch stark genug, ihren Plan auszuführen. Er bestand darin, gelassen, aber offenkundig mit James zu flirten. Und falls er tatsächlich so hinreißend war, wie sie ihn sich vorstellte, würde sie ihn verführen und es sogleich an die große Glocke hängen. Bevor er dann wieder nach England zurückging, würde sie ihm den Laufpaß geben. Sie wollte sich gerade zu ihm durchschlängeln, als sie diese warme Hand auf ihrem Unterarm fühlte.

«Liebling, Harriet sagte gerade, du hättest sie noch nicht begrüßt.»

«Zum Teufel mit Harriet», sagte Elizabeth, von Piper Heidsieck so bestärkt, daß sie die Drohung in den Augen ihrer Mutter gänzlich übersah.

Sie ging auf James Rodker zu. Der gesunde Nelson verblaßte völlig im Vergleich zu ihm. James sah hohlwangig und gequält aus; er entsprach genau dem tiefgründigen, gepeinigten Helden, den man in Romanen findet.

«Hallo», sagte sie und strahlte ihn an. «Ich war noch ein kleines Mädchen, als ich dich das letzte Mal gesehen habe.»

«Sieh an, sieh an», sagte James, «und nun bist du erwachsen?» Er drehte sie herum und führte sie zu einem Sofa.

«Du bist also Nellies kleine Freundin», sagte er. «Ich habe viel von dir gehört.»

«Ich habe auch eine Menge von dir gehört.»

«Hör zu», meinte James, «sobald die ganze Belegschaft versammelt ist, hauen wir auf einen Drink ab und reden über all das, was wir voneinander gehört haben. Abgemacht?»

«Einverstanden», sagte Elizabeth, obwohl das nicht ganz ihren Plänen entsprach. James war ihr zuvorgekommen.

Aber alles ließ sich doch sehr vielversprechend an. Unter

dem Vorwand, Eiswürfel besorgen zu wollen, inszenierten sie einen öffentlichen Abgang und konnten zu ihrem Vergnügen feststellen, wie Harriet Rodker die Lippen aufeinanderpreßte, aber bevor sie etwas sagen konnte, waren Elizabeth und James schon aus der Tür und in den Aufzug verschwunden.

Er führte sie in die nächste Eckkneipe, langweilig und holzgetäfelt – eine Kneipe, wie man sie mit seinem Sohn nach einem Hockeyspiel besucht. Sie saßen in einer holzverkleideten Nische und leerten schweigend ihre Gläser. James zündete seine Pfeife an und produzierte ein wissendes Lächeln.

«So, das bist du also, die Kleine, die man für meinen Bruder Nellie reserviert hat.»

«Ich bin für niemanden reserviert.»

«Nein, wenn ich mir's recht überlege, ist das wohl doch nicht der Fall. Mädchen wie du spielen um größere Einsätze. Liebe oder Geld oder am besten beides.»

«Ich spiele um überhaupt keinen Einsatz», sagte Elizabeth.

«Wie erfrischend jung du doch bist», sagte James. «Mutter flehte mich an, nett zu dir zu sein.»

«Nett sein an Stelle von was?»

«Zum Beispiel, dich bei den Haaren zu ziehen, dich zu betören und mir irgendwelche Krankheiten zuzuziehen oder dir welche zu verpassen.»

«Hattest du die schon öfter?»

«Oh, ein paarmal. Ich habe mich in Hongkong, Saigon und in der Stadt High Wycombe angesteckt.» Er legte seine Pfeife auf den Tisch. «Kleine Mädchen wie du – verzeih mir –, Frauen wie du, sollten da eigentlich noch erröten, oder errötet ihr nicht mehr? Wahrscheinlich nicht.»

Elizabeth bemerkte, daß der romantische Held ziemlich betrunken war. Er fing an, sich über das Thema der Kleinfamilie auszulassen, wobei er einen Soziologen, von dem Elizabeth noch nie etwas gehört hatte, ausgiebig auf Französisch zitierte. Dann machte er sich daran, die englische Wirtschaft zu analysieren, und Elizabeth entdeckte, daß er trotz seiner Hohlwangigkeit äußerst langweilig war.

Plötzlich starrte er Elizabeth direkt in die Augen. «Hast du die Schlüssel zu deiner Wohnung bei dir?» fragte er, und ohne ihre Antwort abzuwarten, fuhr er fort: «Gib sie mir.»

Elizabeth war alt genug, um schon allerlei Anträge bekommen zu haben. Die Männer, die sie am liebsten mochte, waren offen und mutig genug, ihre Absichten zu bekunden. Die Schlüssel, die James Rodker haben wollte, wollte er bestimmt nur haben, um seine Pfeife damit zu reinigen, da war sie sich sicher. Die Beiläufigkeit, mit der er seinen Wunsch geäußert hatte, bewies ihr, daß er diese Strategie häufig anwandte. Gab man ihm einfach die Schlüssel, so würde er seine Pfeife damit reinigen, zeigte man jedoch seine Verwirrung, so würde James das als Aufforderung betrachten und die Schlüssel doch noch für die Wohnung benutzen und mit einem schlafen. Elizabeth gab ihm die Schlüssel und beobachtete, wie James die Asche aus seiner Pfeife kratzte.

«Kluges Kind», sagte er.

«Ich denke, wir sollten zurückgehen», sagte Elizabeth, die allmählich schläfrig wurde. Sie war zutiefst enttäuscht. James war kein Mann, mit dem sie flirten wollte, sie spürte die ersten Anzeichen einer Erkältung.

«Nicht so schnell», sagte James. «Ich will dir von all dem erzählen, was du über mich gehört hast.» Und er begann, seine College-Laufbahn zu beschreiben, seine Wohnung, die er in London gehabt hatte, die Mädchen, mit denen er in

Paris zusammenlebte, die Bardamen, die er in Saigon frequentierte, die Meinung, die er in seiner Arbeit vertrat, und die vielen berühmten Leute, mit denen er befreundet war. Elizabeth unterdrückte ein Gähnen.

«Okay», sagte James und bezahlte. «Zurück in den Schoß der Familie. Findest du nicht, daß unser Liebling Nellie ein erstaunlich soziales Verhalten an den Tag legt bei seinen Bemühungen um die Zukurzgekommenen unserer Gesellschaft?»

Elizabeth schluckte. «Nelson ist okay.»

«Du ergreifst natürlich seine Partei», sagte James. «Nellie ist ein Insekt.»

Als sie wieder zu der Party zurückkamen, bemerkte Elizabeth, daß sie zwei Stunden weggewesen waren, und das selbstzufriedene Lächeln, das James aufsetzte, ließ erahnen, daß einiges vorgefallen war.

Elizabeth verbrachte die folgende Woche in ihrer Wohnung, in eine Steppdecke eingehüllt. Die Erkältung, die sie gespürt hatte, war zum Ausbruch gekommen. Sie war jedoch nicht nur krank, sondern auch wütend. Holly hatte ihr erzählt, daß James Rodker während des Besuches bei seinen Eltern mehrere Nächte nicht nach Hause gekommen war und häufig ihren Namen erwähnt hatte. Deshalb wurde angenommen, daß sie und James noch mit weiteren Missetaten aufwarten würden. Sie sagte zu Holly: «Ich weiß, ich hatte die Absicht, ihn zu verführen, aber er ist einfach zu schrecklich. Und was hat er gemacht! Er legte mich glatt herein. Kommt nur nach Hause, um seinen Eltern die Sache unter die Nase zu binden, und mich benutzt er dabei.»

«Unvorstellbar», sagte Holly.

Am Silvesternachmittag lag Elizabeth, die Steppdecke über den Kopf gezogen, dösend auf ihrem Bett. In ein paar Stunden würde sie sich anziehen und zu der ausgelassenen, alkoholfreudigen Party gehen, die Holly jedes Jahr zu Silvester gab. Elizabeth fühlte sich weder glücklich noch sonderlich in Stimmung für eine Party. Sie war in ein tiefes Brüten versunken, das jedoch von der Türklingel unterbrochen wurde. Sie fuhr hoch – es konnte Roy Howard sein, der gelegentlich noch vorbeikam. Er war es jedoch nicht. Es war Nelson Rodker.

«Hallo», sagte er. «Ich war gerade in der Nähe, ich hörte, daß du krank bist, und wollte kurz bei dir vorbeisehen.»

Das entsprach ganz und gar nicht Nelson. Er trug einen wunderbaren Anzug und goldene Manschettenknöpfe. Der Wind hatte seine Haare zerzaust und seine Wangen gerötet. Er wirkte sehr gesund, aber auch sehr ernst.

«Ich nehme an, du bist gekommen, um herauszufinden, ob ich mit deinem Bruder schlafe», sagte Elizabeth.

«Du bist nicht der Typ, der mit Jimmy ins Bett geht. Er ist viel zu langweilig für dich.»

«Wie willst du das wissen?»

«Ich bin nicht gekommen, um mich mit dir zu streiten oder um dir nachzuspionieren.»

«Sondern um einem kranken Freund eine Freundlichkeit zu erweisen.»

«Ich bin einfach gekommen, weil ich Lust dazu hatte.»

«Und um deinen Eltern zu berichten, daß ich noch lebe und daß sich James nicht unter meinem Bett versteckt hat?»

«Elizabeth, was hast du nur? Ich dachte immer, du wärst unkonventionell und frei, und was tust du, du kettest mich an meine Familie.»

«Du bist deine Familie», sagte Elizabeth mürrisch.

«Ich bin absolut nicht meine Familie. Ich mag meine Familie nicht – mochte sie noch nie. Meine Familie ist idiotisch, muffig, erstarrt. Aber du bist nicht die einzige, die sich zu-

sammennahm und dann so schnell es ging, absetzte. Für was hältst du mich eigentlich?»
«Für einen Musterknaben», sagte Elizabeth.

Daraufhin tat Nelson etwas für Nelson sehr Untypisches. Er streifte Elizabeth die Decke von den Schultern, stellte sie auf ihre Füße und küßte sie auf eine Weise, die sie von Nelson oder sonst jemandem wie ihm niemals erwartet hatte.
«Ich bin gekommen, um dir zu sagen, daß ich dich liebe», erklärte Nelson. «Monatelang habe ich mich gefragt, ob ich dich nur mag, weil man mir das als Kind einzutrichtern versuchte, oder ob ich dich einfach liebe. Nun, ich liebe dich einfach.»
Sie standen lange Zeit ganz nahe nebeneinander, die Decke zu ihren Füßen.
«Ich weiß nicht, was ich denken soll», sagte Elizabeth.
«Ich möchte wissen, ob du mich verabscheust, weil du das von dir selbst erwartest, oder ob du mich tatsächlich verabscheust.»
«Ich verabscheue dich nicht», sagte Elizabeth.
«Denkst du, du könntest mich lieben?»
Elizabeth entdeckte, daß ihr Kopf auf seiner Schulter lag und daß ihre Arme seinen Hals umschlangen.
«Es scheint das Naheliegendste zu sein», sagte sie. «Aber so einfach geht es doch nicht, oder doch?»
«Es gibt Fälle von alten Freunden, die sich ganz plötzlich verliebt haben», sagte Nelson.
«Was immer ich auch fühle, es scheint ganz plötzlich über mich gekommen zu sein. Oder vielleicht hat es sich ganz allmählich eingeschlichen, ohne daß ich es merkte.»
«Ich würde gern mit dir auf Hollys Party gehen», sagte Nelson.
«Bis dahin sind es noch ein paar Stunden.»

«Oh», sagte Nelson, «wir können uns sicher so lange die Zeit vertreiben.»

«Sie werden aus allen Wolken fallen», sagte Elizabeth.

«Nur wenn wir es ihnen sagen», entgegnete Nelson. «Eine heimliche Affäre, schön und gut, aber toll wäre eine heimliche Affäre, die geheimzuhalten sich auch lohnt. Genau das Richtige für uns, denkst du nicht auch?»

Sie lächelten einander verzückt an. Als sie so engumschlungen dastanden, waren sie sich völlig einig darüber, daß genau das die ideale Lösung für sie war.

Verbundenheit

An einem kalten Tag gegen Ende März saß ein Mann namens William Sutherland in dem Wohnzimmer einer Bostoner Wohnung und trank Brandy und Soda. Auf der Armlehne des Sessels, in dem er saß, hatte Martha Howard Platz genommen. Vor sechs Jahren noch Martha Runyon, ein unverheiratetes Mädchen von achtundzwanzig Jahren. Inzwischen verheiratet und etabliert. Die Wohnung, in der William zu Besuch war, bestand aus der ersten Etage eines alten Patrizierhauses. Im Kamin brannte ein Feuer. Auf dem Sims stand ein Strauß weißer Narzissen in einer buntbemalten Vase. Es hatte angefangen zu schneien – große, feuchte Flocken, die gegen das Fenster fielen und schmolzen.

Martha und William hatten sich vor sechs Jahren auf einem Archäologenkongreß in Südengland kennengelernt. Martha hatte ein Stipendium gehabt, William war von seiner kalifornischen Universität geschickt worden, seine Frau und zwei kleine Töchter daheim zurücklassend. Martha hatte niemanden zurückgelassen. Ihre Habseligkeiten waren auf dem Dachboden ihrer Eltern untergebracht. Sie hatte noch nie irgendwo für längere Zeit gewohnt – sie war es gewohnt zu reisen. Der Kongreß dauerte drei Wochen, in welchen William sich in Martha verliebte und es auch schaffte, daß Martha sich in ihn verliebte.

Martha hatte nicht klar erkannt, wie ihr geschah. Sie war von Natur aus ernst, obwohl ihr das Leben kaum einen Anlaß dazu gegeben hatte, abgesehen vielleicht von der Liebe, die ihrer Erfahrung nach nur ein Zustand der Ungewißheit war, etwas, was notwendigerweise Schmerz bedeutete und normalerweise verletzte Gefühle oder Trennung und am Ende Leiden mit sich brachte. Daß Liebe auch einfach sein konnte – so einfach wie Freundschaft – verwirrte sie. Noch nie hatte sie jemand einfach so geliebt. Sie hatte zwei ernsthafte Affären gehabt; von der zweiten erholte sie sich gerade, als sie William begegnete.

William war weder ernst noch würdevoll, und das Leben hatte ihm tüchtig mitgespielt: Er war zwölf Jahre lang verheiratet gewesen. Er hatte den Tod seines Vaters und seiner Schwiegermutter miterlebt. Eines seiner Kinder wäre bei einem Schulbusunfall beinahe ums Leben gekommen. Er hatte etwas Großzügiges an sich – Zuneigung zu empfinden fiel ihm leicht, und er sparte nicht damit. Seine Ehe war unzerstörbar, aber er wußte, daß er vielleicht eines Tages eine gewaltige Erschütterung erleben würde. Er hatte ein paar sehr kurze Affären gehabt, aber er hatte sich bei diesen Seitensprüngen nie verliebt, bis er dann Martha traf.

Der Anblick dieser ernsthaften, jungen Frau versetzte ihm einen Stich. Sie war groß und dunkel und trug ihr glänzendes, schwarzes Haar in einem dicken Zopf auf dem Rücken. Zuerst dachte er, es würde ihm schon genügen, ihr ein Lächeln zu entlocken; als sie dann aber schließlich lächelte und ihr Gesicht aufleuchtete, gab ihm dieses Leuchten Anlaß, ausgiebig über die Gesetze von Ursache und Wirkung nachzudenken. Er wußte, was mit ihm geschehen war, aber Martha sah nicht so aus, als könnte sie schnell in eine neue Rolle schlüpfen; man mußte sie erst langsam schlechte Erfahrungen vergessen lassen. Er fragte sie, ob er sie in seinem Leih-

wagen zu einer Kneipe mitnehmen dürfe, die er in der Nachbarstadt gesehen hatte. Sie hieß «Zur Pracht der Sonne», ein Name, der ihm aufgefallen war. Ein Ort, der pittoresk und dunkel genug zu sein schien, um ihn mit einer Frau aufzusuchen. Martha, die in seinem Seminar gewesen war und ein paar Fragen zur Diskussion gestellt hatte, hielt diese Einladung für eine Art Fortsetzung ihres Gesprächs. Sie hatte keine Ahnung, wie wichtig es ihm war, sie aus dem Kongreßgebäude zu schleppen, um allein mit ihr zu sein.
Als sie dann in dem Lokal saßen, machte er ihr den Hof, aber seine Versuche, mit ihr zu flirten, schienen jeden Anflug von Lächeln aus ihrem Gesicht zu vertreiben. Sie wirkte beunruhigt. Nach mehreren Fahrten und stundenlangen Gesprächen erklärte sich William. Er sagte ihr, er habe sich in sie verliebt. Ihr Gesicht verschloß sich sofort: Er war verheiratet. Sie wollte nichts mit einem verheirateten Mann zu tun haben. Er verwirrte sie und störte ihr Gleichgewicht. Sie sei solche Nachstellungen nicht gewohnt, sagte sie. Für William war das ein Rätsel. Ein Lächeln wie das ihre mußte doch einige Verwirrung gestiftet haben, dachte er.
Es dauerte noch ein paar Tage – aber auf einiges geschicktes Drängen hin verliebte sich Martha so schnell und einfach, wie man von einem heißen Felsen in einen Teich mit klarem, süßem Wasser gleitet. Eigentlich entdeckte sie ihre Gefühle für William erst, als sie in seinen Armen lag. Als sie jedoch die Tatsache akzeptiert hatte, machte sie sich daran, sich in dieser ersten glücklichen Liebe ihres Lebens einzurichten. Das Wetter war auf ihrer Seite. Sie machten Ausflüge aufs Land. Erforschten die Gegend. Sie konsultierten ihren Führer und besichtigten Klöster, Schlösser und Ruinen. William würde nach dem Kongreß noch zwei Wochen in England bleiben. Marthas Stipendium schloß ein Jahr an der Universität von London ein. Sie hatten noch vier gemein-

same Wochen vor sich. Dadurch wurde alles beschleunigt: Sie waren sofort ernsthaft bei der Sache – gelöst von jedem Kontext. Sie hatten das Gefühl, ihre Affäre spiele sich außerhalb der Zeit, am Rand des Universums ab. Und in dieser kurzen Zeit verwirklichten sie, was Sinn und Zweck des Werbens ist: das Vertrauen und die Unbefangenheit, die Liebende empfinden, Liebende, die das Glück haben, in dem Geliebten auch einen Freund zu finden. Als William schließlich nach Amerika zurückflog, versprachen sie sich feierlich, in Verbindung zu bleiben, und sie hatten sich auch während dieser ganzen sechs Jahre gewissenhaft geschrieben.

Martha kam es völlig natürlich vor, auf der Armlehne von Williams Sessel zu sitzen. Auch in dem Bungalow, in dem er während des Kongresses gewohnt hatte, hatte es einen großen Sessel gegeben. Martha hatte auf der Armlehne gesessen und ihm beim Lesen über die Schulter geschaut. Er sah genauso aus wie damals – ein mittelgroßer, zerzauster, gutgekleideter Mann, der überall zu Hause zu sein schien.

Der Sessel, in dem er saß, hatte einer Großtante von Marthas Mann gehört – Marthas Mann hieß Robert Howard und war auf einer Geschäftsreise in New York. Martha hatte ihn in London kennengelernt. Er war Wirtschaftswissenschaftler und arbeitete damals für die Außenhandelskommission. William wußte von dem Foto auf Marthas Nachttisch, wie Robert aussah. Er fand es seltsam, aber rührend, daß sie auf ihrem Nachttisch das Foto einer Person aufstellte, die neben ihr lag. Er besichtigte die Wohnung und sah das Arbeitszimmer, das Martha und Robert benutzten, das Bett, in dem sie schliefen. Er saß in dem Sessel von Roberts Großtante und schaute sich die Hochzeitsfotos an.

Vor sechs Jahren in Heathrow war bei ihrem Abschied kein einziges Wort gefallen. Sie hatten keine Ahnung gehabt, ob sie sich jemals wiedersehen würden. Und nun, zusammen in einem Raum, taten sie nichts weiter, als zu reden, obwohl sich in Williams Leben kaum etwas verändert hatte. Seine älteste Tochter war inzwischen dreizehn. Martha wußte von den Fotos in seiner Brieftasche, wie seine Familie aussah. Ein paar neue waren hinzugekommen. Seine Frau, Catherine, hatte sich die Haare wachsen lassen, wie Martha auffiel, und sie erkannte die kleinen Mädchen noch, deren Gesichter sie vor so vielen Jahren gesehen hatte.

Aber all das – der Sessel von Richards Großtante, das Foto auf dem Nachttisch oder die Fotos in Williams Brieftasche – wurde bedeutungslos angesichts des überwältigenden Glücks ihres Wiedersehens. Sie konnte ihn nicht aus den Augen lassen. Daß sie die Lider senken und wieder aufschlagen konnte und ihn noch immer vor sich sah, machte sie fast schwindlig. Es war wundervoll, seine Stimme zu hören.

William war nach Boston gekommen, um vor der archäologischen Gesellschaft einen Vortrag zu halten. Sein Besuch bei Martha war von langer Hand geplant gewesen. Was konnte man sich wohl noch zu sagen haben nach all diesen Jahren und Briefen? Aber der Nachmittag schmolz dahin. Martha stand auf, um William einen neuen Drink einzuschenken. Er fing ihren Blick auf und lächelte. Er sagte: «Du hast immer noch diesen alten lavendelfarbenen Pullover.»

Sie schaute an sich herunter. Hatte sie diesen Pullover schon in England gehabt? Er ist noch nicht so alt, dachte sie. Sie rechnete schnell nach. Er hatte recht: Es war der alte lavendelfarbene Pullover, den er kannte. William berührte ihren Ellbogen.

«Ich bin am Verhungern», sagte er. «Hast du nicht gesagt, du würdest mich zum Essen ausführen?»

«Ich habe es nicht vergessen», sagte Martha.
«Dann laß mich hier raus und zeig mir Boston, wie versprochen», sagte William. «Ich bin ein Mann mit einem Riesenappetit.»
Sie aßen früh zu Abend. William war müde von seinem Flug; er war direkt vom Flughafen zu Martha gekommen. Sie fuhr ihn nach Cambridge, wo er bei einem seiner früheren Studenten wohnte. Sie vereinbarten, daß Martha am nächsten Tag vorbeikommen und ihn abholen würde; sie wollten den Nachmittag zusammen verbringen, später würde William dann seinen Vortrag halten und nach Hause gehen. William kannte ihren Stundenplan: Sie hatte mit dem Unterrichten aufgehört, um ihre Doktorarbeit fertigzuschreiben; vormittags arbeitete sie, und William fühlte sich verpflichtet, den Morgen mit seinem Gastgeber zu verbringen.
Es fing wieder an zu schneien, als Martha nach Hause fuhr. Kaum war sie angekommen, rief Robert aus New York an. Später an jenem Abend rief William an.
«Ich möchte nicht nur von dir abgeholt werden», sagte er. «Ich habe diese Wohnung ganz für mich allein und möchte mit dir ein paar Stunden auf neutralem Terrain verbringen.»
Sie wußte genau, was er meinte. Was konnte sie tun? Sie ging zu ihm.

In dem Zimmer, das sie am nächsten Tag betrat, gab es nichts, was sie irgendwann schon einmal gesehen hatte – das Zimmer eines Unbekannten. Auf diesem neutralen Terrain befanden sich zwei zweckmäßige Bücherregale, ein einfacher Schreibtisch, eine Couch, ein harter Stuhl. Von dem Wohnzimmer aus ging man in eine kleine Küche mit einer Holzanrichte und einem schmiedeeisernen Gestell, in dem Becher standen. Am Ende des Gangs befand sich ein Schlafzimmer. Ein Bett mit blau-weiß gestreiften Laken. Unter dem Bett ein Paar Hausschuhe – zu groß, um William zu gehören.

«Wie gefällt es dir hier?» fragte William.

«Was für ein Sinn für Inneneinrichtung», sagte Martha. «Wer wohnt hier?»

«Habe ich dir schon von diesem Studenten von mir geschrieben, der denkt, er könnte Fundorte per Computer feststellen? Nun, der ist es. Hat sich ein dickes Forschungsstipendium verschafft, um diesen Sommer nach Sumatra zu fahren.»

«Wie schön», sagte Martha. «Ein paar Federn und ein paar geflochtene einheimische Körbe würden hier Wunder wirken.»

William beobachtete, wie sie auf und ab ging, ein Anblick, der ihm vertraut war. Als Martha zum erstenmal in seinen Bungalow kam, war sie auch eine halbe Stunde lang auf und ab gegangen. Er sagte: «Martha, komm, setz dich.»

Sie setzte sich, nicht neben ihn auf das Sofa, sondern auf den Stuhl mit der harten Rückenlehne.

«Ich hätte keine Sekunde länger in deinem Wohnzimmer bleiben können», sagte er. «Du verstehst das doch, nicht? In dem Sessel von Roberts Großtante.»

«Sagte ich, daß es der Sessel seiner Großtante ist?» fragte Martha. «Das weiß ich nicht mehr.»

«Du hast gestern einiges gesagt», meinte William. «Du saßt auf der Armlehne des Sessels und hast geredet wie ein Wasserfall.»

«Ich habe *nicht* wie ein Wasserfall geredet.»

«Du hast. Wir beide haben. Es gab auch eine Menge zu bereden. Aber jetzt sind wir auf dem neuesten Stand der Dinge. Ich habe nur diesen einen Nachmittag.»

Martha saß auf ihrem Stuhl und rührte sich nicht. Sie wußte, daß sie angestarrt wurde. Sie sah so aus, wie sie in England ausgesehen hatte: ihr Haar in einem dicken Zopf, ihr Tweedrock und ein erikafarbener Pullover.

«Aber alles hat sich verändert», sagte sie. «Oder nicht?»

«Nicht für mich», sagte William. «Nach all diesen Jahren nicht.»

«Ich bin verheiratet», sagte Martha. «Ich liebe Robert.»

«Schon gut, schon gut», sagte William. «Verheiratet, wirklich? Wie interessant. Und was macht dein Mann?»

«Ärgere dich nicht über mich», sagte Martha. «Mach dich nicht über mich lustig.»

«Du willst wohl sagen, daß du mich wie einen Freund liebst und daß von dem Verlangen, das du einmal für mich verspürt haben magst, kein Funke mehr vorhanden ist, stimmt's?»

«Nein», sagte Martha. «Ich bin völlig durcheinander.»

«Ich verstehe», sagte William. «Du hältst mich für einen alten, hartgesottenen Sünder, da du doch damals, als wir uns trafen, ein unschuldiges junges Ding warst und ich ein altes, verheiratetes Wrack.»

«Aber damals war ich nicht verheiratet», sagte Martha. Sie stützte den Kopf in die Hände. Tränen quollen aus ihren Augen. Was der Anblick Williams in ihr bewirkte, hatte nichts zu tun mit dem Leben, das sie lebte. In diesem Leben war sie eine glücklich verheiratete Frau. Sie liebte Robert: Sie vergötterte ihn. Sie mochte ihre Wohnung. Sie mochte die Leute, mit denen sie verkehrten, die Reisen, die sie unternahmen, die Zeit, die sie zusammen verbrachten. Aber ihr Verlangen nach William hatte keineswegs nachgelassen. Die Vergangenheit war ein Tunnel – ein langer, dunkler Tunnel, den man allein entlangging. Nichts von dem, was zwischen ihnen gewesen war, gehörte der Vergangenheit an.

Sie kam überhaupt nicht auf den Gedanken, die Wahrheit vor William verbergen zu wollen. Sie hätte ohne weiteres aufstehen, ihren Rock glattstreichen und eine Abschiedsrede halten können, bei der sie darauf geachtet hätte, auch nervös an ihrem Ehering zu drehen. Ja, sie hätte sagen können, zwischen uns besteht nur noch Freundschaft, und wenn du das nicht akzeptieren kannst, muß ich gehen.
Sie kannte die Spielregeln; ging man mit einem Mann ins Bett – nicht mit dem eigenen –, so brach man die Ehe, und darüber verhandelten sie und William gerade. Aber dies war eine Sache zwischen ihr und William. William hatte ältere Rechte. Sie hatte ihn geliebt, bevor sie Robert kennengelernt hatte, und sie war überzeugt, daß sie ohne William wohl nie erfahren hätte, daß sie glücklich sein konnte. Er hatte die dunkle Wolke, die sie einhüllte, verscheucht, und sie war ihm dankbar dafür. Nach diesem Nachmittag würde sie ihn vielleicht jahrelang nicht wiedersehen. Vielleicht würde sie ihn überhaupt nicht wiedersehen. Was hatte ihr Leben mit Robert damit zu tun?
«Du bist also eine anständig verheiratete Frau», sagte William. «Und ich soll darunter leiden.»
«Mach dich nicht über mich lustig, William», sagte Martha. «Ich liebe dich. Du weißt, daß ich dich liebe.» Sie weinte wieder, aber William machte keine Anstalten, sie zu trösten.
«Schau her», sagte William. «Es ist ganz einfach. Wir lieben uns noch. Und wir verdienen einander. Wir sind beide verheiratet und beide glücklich verheiratet. Uns verbindet noch sehr viel, aber das geht außer uns niemanden etwas an. Einer wird der Betrogene sein – du oder ich oder Robert oder Catherine.»
Es war in der Tat so einfach. Auf der Couch gab es sehr viel Platz. Eine Bewegung, und sie wäre dort. Sie hätte Gelegen-

heit, sich daran zu erinnern, wie sehr sie Williams Geruch liebte. Sie wußte, wie leicht es war – etwas, in das man sich einfach hineingleiten lassen konnte. Und dann wäre nur eine Aufeinanderfolge warmer, weicher Bewegungen nötig, um sie von der Couch aufstehen, den Flur entlanggehen und auf diese blau-weiß gestreiften Laken sinken zu lassen. Und war der Verrat im Grunde nicht schon begangen worden? Welchen Unterschied machte es, ob man nun mit seinem alten Liebhaber ins Bett ging und zugab, daß man ihn liebte, oder ob man in seiner Gegenwart ein solch überwältigendes Glücksgefühl empfand oder einfach zu weinen anfing, und das in dem Haus eines völlig Unbekannten – einem Ort, an dem man vielleicht Hunderte von Malen mit seinem Mann vorbeigehen würde, ohne daß dieser die geringste Ahnung hatte, was einen damit verband?

«Ich würde dich nie unter Druck setzen», sagte William. Er stand auf, um sich einen Drink zu holen und stieß dabei den Tisch zur Seite. Diese abrupte Bewegung verriet ihr, wie verärgert er war.

Sie saß regungslos auf dem harten Stuhl mit der steilen Rükkenlehne. Sie konnte sehen, wie der Himmel sich bewölkte. Was an Sonnenschein vorhanden war, wurde durch die Fenstergardinen des Fremden gefiltert. Es sah nach Regen aus oder nach Schnee. Alles im Raum erschien silbern.

Als William mit seinem Drink zurückkam, stand Martha auf. Ihre Knie schmerzten, so steif und starr hatte sie auf ihrem Stuhl gesessen.

«Wirst du dich nun endlich auf mich stürzen?» fragte William. «Oder willst du nach Hause? Oder willst du noch etwas auf und ab gehen?»

«Ich wollte noch etwas auf und ab gehen», sagte Martha. «Aber nun werde ich mir eine Tasse Tee machen, um Zeit zu gewinnen.»

Noch eine Minute länger in diesem nur schwach erleuchteten Raum, und es war aus und vorbei; sie wußte das. Eigentlich hätte sie sich am liebsten betrunken. Sie hoffte, ein Schneesturm würde losbrechen und sie einschließen – alles, wenn es sie nur zwang, ihre Gefühle zu vergessen. Sie füllte den Teekessel des Fremden – einen Teekessel, der aussah, als wäre er nie benutzt worden – und überbrühte den Tee in einem weißen Becher.
Der Besitzer der Wohnung nahm allmählich Umrisse an. Er hatte ein tiefes Sofa gewählt, das einem das Aufstehen erschwerte, wenn man massig oder langbeinig war. Es war mit einem rauhen Tweed bezogen, der im Sommer kratzen würde. Der Teppich im Wohnzimmer bestand aus einem geflochtenen Material und sah nicht sehr einladend aus für nackte Füße. Nirgendwo waren irgendwelche Flusen oder herumliegenden Gegenstände zu sehen. Alle Oberflächen sahen kalt und makellos aus. Auf der Fensterbank in der Küche standen drei Blumentöpfe – zähe, stachlige Pflanzen, die man wochenlang nicht zu gießen brauchte. Die Papiere auf dem Schreibtisch waren ordentlich gestapelt. Das Quartier eines zielbewußten jungen Mannes, der sich häufig die Haare schneiden ließ, der Wollkrawatten trug, der beim Rasieren das Gesicht aufschürfte und für den seine Wohnung zum Arbeiten und Schlafen da war.
Während sie den Tee ziehen ließ, versetzte sich Martha in Williams Lage, stellte sich vor, sie würde ihn in San Francisco auf seinem Terrain treffen. Wäre sie im Kreis seiner Familie glücklich? Sie sah sich in seinem Wohnzimmer sitzen. Sie lehnte sich über die Anrichte des Fremden und fragte sich, welche Art von Gesprächen sie mit Catherine Sutherland führen würde. Sie begann sich Williams Haus auszumalen – ein Kamin aus schwarzem Stein, eine Fensterbank auf dem Treppenabsatz der ersten Etage, auf der viel-

leicht Ballettschläppchen, Hockeyschläger, Schulbücher herumlagen. Sie stellte sich vor, wie sie im Haus herumgeführt würde und auf der Schwelle zum Schlafzimmer stehenbliebe.

Die Leere der Küche, in der sie sich befand, ließ Martha über den Reichtum häuslicher Artefakte nachdenken. Was für ein guter Schild doch ein Haus war, erfüllt von der Botschaft, daß Menschen tagtäglich in ihm zusammenlebten, etwas, was sie und William nie kennenlernen würden. Sie würde zum Beispiel nie ein Essen für William kochen. Sie würden nie über den größten Luxus von Liebenden verfügen: Zeit. Sie würden nie etwas gemeinsam besitzen, nie gemeinsame Reisen unternehmen. Und nun, da Martha verheiratet war, würden sich auch noch ihre wenigen Kontakte in aller Heimlichkeit abspielen müssen.

Sie konnte tun, was sie wollte, es wäre immer verkehrt. William hatte recht: Einer würde betrogen werden.

Aber William hatte es schon vor ihrer Heirat gegeben. Er hatte sie aus ihrem Dunkel heraus ins Licht geführt. Und einmal im Licht – William war wieder verschwunden – begegnete sie dann Robert. Sie mochte ihn sofort. Er war groß und kräftig und schien im Umgang mit andern recht furchtlos zu sein. Er war Pfadfinder gewesen und es auch geblieben: ein von Natur aus guter und freundlicher Mensch. Außerdem war er sehr ernsthaft. Er verliebte sich in Martha und wollte sie heiraten. Er wollte sein Leben als Erwachsener beginnen, und Martha sprach etwas in seinem Innern an.

Sie paßten ausgezeichnet zueinander. Beide reisten gern und streiften gern spätabends durch die Straßen. Sie gingen gern früh zu Bett, um eine Stunde vor Sonnenaufgang aufzustehen und den Ort für sich zu haben. Einmal verheiratet und in Boston etabliert, entdeckten sie, daß ihre Neigungen dieselben waren. Ihr Haushalt war eine perfekte Verbindung aus ihren beiden Persönlichkeiten. Das Leben, das sie mit Robert führte, war für sie ihr Leben.

Der Tee war fertig. Sie trug ihn ins Wohnzimmer, wo William auf sie wartete. Ihr Herz krampfte sich bei seinem Anblick zusammen. Er sah traurig und gleichzeitig erwartungsfreudig aus. Einen Augenblick lang waren sie einfach nur ein Liebespaar mit einer Vergangenheit zwischen sich.

Es schien der erste bewußt erlebte Augenblick in ihrer Ehe zu sein – nicht was ihre Ehe mit Robert betraf, sondern ihr Selbstgefühl als verheiratete Frau. Sie fühlte sich gespalten in die Frau, die sie jetzt war, und die Frau, die sie gewesen war. Es gab die Welt, in der sie Williams Geliebte war und sein würde, den Ort, von dem sie ihre Briefe an ihn schrieb und an dem seine Briefe an sie aufbewahrt wurden – der Ort, an dem sie sich im Augenblick befand, gehörte jedoch nur ihr.

William hatte ein Licht angeschaltet. Es fiel auf Marthas Gesicht, dieses ernste Gesicht, das er so gut kannte. Das, was er ihren unerbittlichen Quakerlook nannte, war aus ihm verschwunden. Sie sah nur sehr ernst und nachdenklich aus.

Er stand auf und nahm ihre Hand. Sie war überzeugt, daß sie zitterte. Sie gingen den Flur entlang zu dem fremden Schlafzimmer. Auf der Schwelle küßte William sie. Sie erwiderte seinen Kuß, aber es wäre passender gewesen, dachte sie, ihm die Hand zu schütteln, um den Ernst des Augenblicks zu unterstreichen.

Reisen

Mein Mann hat seine Liebe zur Fliegerei in der Armee entdeckt. Er wurde nach Vietnam geschickt und überflog mit einem Kameraden das Delta. Als er ausgedient hatte, kehrte er unversehrt wieder zurück, aber nicht zu mir. Er war damals mit einer andern Frau verheiratet; bei seiner Rückkehr begriff er, daß sie ihn nicht mehr haben wollte. Er spricht darüber so: «Ich habe während des Kriegs Frauen zu Witwen gemacht, und der Krieg hat mich zum Witwer gemacht.»
Das ist zwar etwas übertrieben, aber Theatralik stört ihn nicht, wenn sie ihren Zweck erfüllt. Im Grunde hätten sie nie heiraten sollen. Sie studierten beide an der Juillard-Schule und stellten sich ein Leben vor, das aus Notenblättern und Duetten bestand. Als er nach Vietnam ging, dachte er über den Krieg und sie über ihn nach. Hätte er über sie nachgedacht und hätte es keinen Krieg gegeben, über den nachzudenken er gezwungen wurde, wäre seine Rückkehr vielleicht weniger dramatisch verlaufen.
Mein Mann liebt die intensiven Augenblicke beim Fliegen – Eis, Nebel, Instrumentenflug, stürmisches Wetter. In Jets liebt er das Starten, das Landen und Turbulenzen. Wenn wir reisen, jetten wir zu irgendeinem größeren Flughafen und marschieren dann über das ganze Gelände zu den Nebenpi-

sten. Wir waren in Laconia, New Hampshire, mit Winnipesaukee; in Bear, Montana, mit Wild Cat; in Myra Springs, Louisiana, mit Cajun; in Fulton, Kentucky, mit Rebel; in Mansard, Oklahoma, mit Apache und in Bogotá, Columbia mit El Condor.

Und durch das Fliegen sind wir uns auch begegnet – das heißt, wir waren zu demselben Ort geflogen und saßen uns in derselben Gaststätte am selben Tisch gegenüber. Die Gaststätte war auf Tangier Island, einer winzigen Fischerinsel in der Chesapeake Bay mit einer privaten Landepiste. Unser Tisch war besetzt mit Piloten. Ich war nur mitgenommen worden – eine Gefälligkeit, die ich meiner Schwester zu verdanken hatte, die fand, ich sollte mehr aus dem Haus kommen –, und zwar von einem Freund meines Schwagers, einem sehr geselligen, freundlichen Rechtsanwalt. Er saß neben mir, während ich mich gegen den Tisch lehnte und meinen Mann anstarrte.

Mein Mann ist ein Konzertpianist, der es haßt, Konzerte zu geben. Statt dessen macht er Plattenaufnahmen und versucht, das Leben eines Einsiedlers zu führen. Er haßt es, Konzerte zu geben, weil er es haßt, reisen zu müssen, um irgendwohin zu gelangen. Er möchte nur des Reisens wegen reisen. Er haßt Hotels, Hotelessen und Termine. Als er noch jünger war, unternahm er mehrere Tourneen, und sie verwirrten ihn auf die gleiche Weise wie seine Scheidung. Er hatte das Gefühl, alles falle auseinander – nur Aneinanderreihungen von Städten und Bühnen und nichts, zu dem man zurückkehren konnte. Gelegentlich bringt ihn sein Agent so weit, daß er in der Carnegie Hall oder der Alice Tully Hall spielt, dann gräbt er die schwierigste und unzugänglichste Musik aus, die er finden kann – und seine Bewunderer scheinen ihn dafür nur um so mehr zu schätzen.

Diese Leidenschaft fürs Fliegen kostete seinen Agenten

Jahre seines Lebens, so sagt er zumindest. «Warum riskiert er immer wieder Kopf und Kragen?» fragt sein Agent. «Ich meine nicht die Linienflüge, sondern diese komischen, kleinen Maschinen, mit denen er herumfliegt.»
Mein Mann möchte schwerelos sein, und fliegend kommt er dem am nächsten. Wäre er nicht Pianist geworden, so wäre er vielleicht jetzt Astronaut, denkt er; aber er ist zu groß dafür. Wäre er noch fünf Zentimeter größer, so hätte man ihn nicht eingezogen und er wäre nie geflogen. Nachdem ich drei Jahre mit ihm verheiratet war, bekam ich plötzlich Angst, er könnte abstürzen, er, nicht ich, obwohl wir immer zusammen fliegen. Meine Träume, die sonst immer ganz gewöhnliche Träume gewesen waren, füllten sich mit brennenden Wracks, verstümmelten Gliedmaßen und dem Gefühl, aus dem Schwerefeld herauszufallen, senkrecht abzustürzen, wie man es manchmal kurz vor dem Einschlafen hat.

Niemand hatte gedacht, daß ich heiraten würde. Meine Schwester und meine Mutter hatten sich schon Sorgen wegen mir gemacht, aber ich verliebte mich einfach nicht so schnell oder so häufig, und die wenigen Male, die ich mich verliebte, führten zu nichts. Statt dessen lebte ich ein wohlgeordnetes Leben. Ich hatte eine Wohnung mit Blick auf einen Garten und fuhr täglich mit meinem gebrauchten Saab zu meinem Arbeitsplatz, einer ozeanographischen Station in Riiks Point auf Long Island, wo ich Experimente mit ölfressenden Algen durchführte.
Meine Schwester ist zehn Jahre älter als ich, mein Bruder fünfzehn. Ich war ein Nachzügler – eine unbestreitbare Tatsache, die mich das Sexualleben der Erwachsenen schon von Kind an als eine Realität betrachten ließ. Als ich mit fünf Jahren erfuhr, wie Kinder zustande kommen, schaute ich

meine gleichmütigen, gutaussehenden Eltern an und begriff, was sie getan hatten, um mich zu kriegen. Später dachte ich, daß mit meiner Zeugung etwas besonders Leidenschaftliches und Intensives verbunden gewesen war. Aber dieses Gefühl, ein Nachzügler zu sein, prägte mich – obwohl ich keine unangenehme Überraschung für meine Eltern gewesen war –, so wie kränkliche Kinder oder Flüchtlingskinder von vornherein geprägt sind, und ich wuchs mit der Vorstellung auf, daß an mich immer zuletzt gedacht werden würde, wie an etwas, das nicht eingeplant war, das dann aber trotzdem noch erschien.

Als ich zum Beispiel auf Tangier Island meinem Mann begegnete, dachte ich nie daran, daß ich ihn wiedersehen würde. Als ich ihn kennenlernte, hatte er nicht die geringste Absicht, wieder zu heiraten, obwohl er damals mit einer Flötistin mit langem rotem Haar befreundet war. Er glaubte, seine erste Frau hätte ihm für immer das Herz gebrochen.

Ich bin groß und von kräftigem Knochenbau, aber schlank. Im Sommer werde ich sehr schnell braun. Ich habe ein Jahr auf der ozeanographischen Station in Baja und einen Sommer in Woods Hole verbracht, und jedesmal nahm ich die Farbe von verbranntem Kork an. Im Winter bin ich leicht gelblich. Mein Haar ist das Schönste an mir: sehr dick, sehr glatt und goldgelb. Aus diesem Grund wurde ich als Kind immer Butter genannt, obwohl ich mit Taufnamen Marguerite heiße.

An dem Tag, als ich meinem Mann begegnete, sagte er zwei Dinge, die mich verblüfften. Nach dem Mittagessen gingen wir auf der Insel spazieren, am Strand entlang. Die Piloten bildeten eine Gruppe und fachsimpelten. Ich war in Begleitung meines Mannes. Als wir am Wasser standen, meinte er: «Sie haben eine sehr kontemplative Beziehung zum Meer»,

und ich erklärte ihm, daß ich Meeresbiologin sei. Dann sagte er noch: «Sie haben etwas sehr Butterhaftes an sich, mir ist das schon beim Mittagessen aufgefallen.»
Es gibt sie, diese Wellen des Gefühls; ich verspürte sie. Ich spürte, wie sie mein Herz aufrissen, und ich fügte mich in mein Schicksal. Es passierte einfach, nichts würde daraus folgen, und so ließ ich es geschehen. An jenem Tag schien mir alles besonders aussichtslos zu sein, und ich glaubte nicht, daß sich aus zufälligen Begegnungen oder sonstigen Launen des Schicksals irgend etwas ergeben könnte. Aber plötzlich fühlte ich mich von einer andern Person verstanden, von jemandem, der mich nur anzusehen brauchte, um zu wissen, daß ich *Butter* genannt wurde und daß ich eine besondere Beziehung zum Meer hatte. Es war nur ein kurzer Augenblick, aber ich war dankbar dafür. Nicht jedem wird auf einer abgelegenen Insel, die man nur mit einem privaten Flugzeug erreichen kann, ein Augenblick unerwarteten Verstehens zuteil.
Gegen Ende des Nachmittags hatten wir zweimal die Insel umrundet und gingen wieder zu dem Landeplatz zurück, um in unsere verschiedenen Flugzeuge zu steigen. Mein Mann wußte, wie ich hieß und wo ich lebte, und ich wußte, wie er hieß und wo er lebte. Wir gaben uns die Hand, während unsere beiden Piloten ihre Maschinen starteten und die Propeller die Luft herumwirbelten.
Ich hätte nie gedacht, daß ich ihn wiedersehen würde, aber so kam es. An einem verregneten Abend tauchte er bei mir auf, ohne vorher angerufen zu haben und ohne seinen Besuch zu rechtfertigen. Er hätte sagen können: «Man kann sich nicht auf einer Insel begegnen und dann nie wiedersehen», aber er sagte es nicht. Er inspizierte kurz meine Wohnung und ließ sich auf dem besten Stuhl nieder.
Ich lebte damals in jeder Hinsicht wie ein Shaker. In meiner

Wohnung hätte frisches Stroh auf dem Boden liegen können. Sie befand sich in einem sehr alten Village-Gebäude. Die Dachsparren waren freigelegt worden und die Wände waren weiß. Ich besaß nicht viel, weder Möbel noch sonst irgendwelche dekorativen Gegenstände; es war also nicht nur meine Schuld, wenn die Wohnung wie ein restaurierter Raum in der Hancock-Siedlung der Shaker aussah. Was ich besaß, war alt. Der Vogel aus Glas stammte von meinem Großvater, der achtzig Jahre alte Lockvogel von meinem Boss in Woods Hole und die auf zwei Wandhaken aufliegende Angelrute aus Messing von meinem Vater. Außerdem besaß ich noch ein Blumenaquarell, das meine Großmutter gemalt hatte, und ein Bild von einem Esel, das von meiner Urgroßmutter stammte. Ich hatte seit drei Jahren niemanden zum Lieben gehabt.

Von seinem Lehnstuhl aus fragte mich mein Mann, ob ich mit ihm essen gehen wolle – falls ich überhaupt Hunger hätte. Sein Besuch war so beiläufig, daß ich glaubte, einfach sagen zu können, was ich wollte. Ich sagte, ich hätte wenig Lust auszugehen, würde aber etwas zu essen richten.

Die Dinge, von denen ich mich ernährte, waren ziemlich exzentrisch. Ich drückte Joghurt durch ein Tuch, um es in konzentrierter Form zu haben, und ich aß es zusammen mit eingelegtem Kohl, gesalzenen japanischen Pflaumen. Ich kochte Karotten mit Knoblauch und Honig und aß sie kalt – die seltsamen Vorlieben eines Einzelgängers. Wenn ich Gäste hatte, zerbrach ich mir tagelang den Kopf darüber, was normale Leute wohl essen. Ich gab meinem Mann, was ich selbst aß: eine Schale dicken Joghurt, einen Teller mit eingelegtem Kohl, gesalzenen Pflaumen, kalten Karotten und etwas gekochtes Huhn, das ich auf meine Weise zubereitet hatte – mit Sojasoße, Paprika und Nelken. Er aß, was ich ihm vorsetzte, und zeigte sich überhaupt nicht befremdet,

was mich sehr für ihn einnahm. Ich kam gar nicht auf die Idee, daß er vielleicht denselben seltsamen Geschmack oder seinen eigenen seltsamen Geschmack haben könnte. Draußen goß es unaufhörlich. Mein Mann sagte: «Ich bin gekommen, um dich für mich zu beanspruchen, wenn das möglich ist.»
Als ich ihn anblickte, bemerkte ich, daß ich noch nie in meinem Leben jemanden so sehr hatte haben wollen – also erhob auch ich Anspruch auf ihn.

Und so war ich im Alter von dreißig Jahren, in bester körperlicher Verfassung, über eine exzellente Ausbildung und einen exzellenten Job verfügend, Autorin von zwei vielgerühmten Monographien – eine über ölfressende Algen und eine über den Regenerationsmechanismus bei Seesternen –, plötzlich mit einem großen, recht distanzierten, schwierigen und temperamentvollen Pianisten verbunden, der zu der Zeit, als wir unsere Ansprüche aufeinander erhoben, auf der Upper West Side mit einer Flötistin zusammenlebte. Von diesem Verhältnis erfuhr ich erst viele Wochen später, in denen wir einander bei jeder Gelegenheit beanspruchten, die sich uns bot. Ich habe nie ihren Namen erfahren. Seit ich von ihrer Existenz wußte, kam es immer wieder vor, daß mein Mann nicht anrief, wann er anrufen wollte, oder nicht erschien, wann er erscheinen wollte, und ich nehme an, er dachte, ich würde ihn entschuldigen, da ich ja Bescheid wußte.
Andererseits kannte mein Mann die Voraussetzungen, auf denen meine geordnete Existenz beruhte. Er wußte, daß ich mich bemühte, mein Leben ebenmäßig zu halten, und daß ich, wenn er nicht da war, meine Forschung weiterbetrieb, zur Arbeit fuhr, meinen Joghurt durch das Tuch preßte und so lebte, wie ich immer gelebt hatte. Er wußte, daß ich mir

nicht zuviel erhoffen wollte – ich hatte Angst davor. Er wußte, daß ich, wenn er nicht da war, mich wieder zurückziehen und mein Leben weiterleben würde, als wäre ich ihm nie begegnet.

Aber er täuschte sich. Er wußte nicht, was er bewirkt hatte; ich erklärte es ihm also, ganz einfach, wie man einem Kind das Addieren erklärt. Ich sagte ihm, daß ich ein Herz hätte, das brechen könnte, und daß er dabei sei, es zu brechen. Ich sagte, er solle mich nicht mißverstehen; und während ich diese Dinge sagte, konnte ich mir vorstellen, wie er aussehen würde, wenn er meine Wohnung verließ, und wie ich mich fühlen würde, wenn ich ihn die Straße entlanggehen sah. Aber er ging nicht. Er bat mich, ihn zu heiraten. Daraufhin kehrte er in seine Wohnung zurück und brachte die Sache mit der Flötistin ins reine. Fünf Monate später feierten wir bei meinen Eltern Hochzeit, und die stärkste Empfindung, die ich bei dieser Hochzeit verspürte, war Erleichterung.

Aber im Rückblick erscheint alles einfach. Ganz so einfach war es jedoch nicht. Zwischen der Entdeckung der Flötistin und der Erwähnung dieser Entdeckung lag ein Abgrund – ich war so froh, daß ich jemanden hatte, der mich liebte. Ich wollte, daß meine Shaker-Existenz umgekrempelt würde, vollständig, aber sachte. Ohne Türenknallen und Gebrüll. Eines Abends setzten wir uns also einander ganz ruhig gegenüber und schütteten unser Herz aus – zumindest schüttete ich das meine aus. Er ging nach Hause, und ich sah ihn eine ganze Woche lang nicht mehr. In diesen Nächten hatte ich das Gefühl, in strömendem Regen auf einer Starkstromleitung zu schlafen, so sehr hatte ich Angst. Ich zählte alle seine schlechten Eigenschaften auf: undurchsichtig, wortkarg, launisch, manchmal überhaupt nicht ansprechbar, doktrinär in bezug auf Musik, häufig auch snobistisch, betrügt seine Freundin – mit mir. Ich dachte, ich würde ihn nie wirklich kennenlernen. Andererseits, wenn er mein Leben betrachtete, was sah er da? Sah er einen Topf mit selbstgemachter Marmelade, der verschiedene Schichten enthielt – eine sehr komplizierte Sache – mit einem dicken Paraffinsiegel obendrauf? Wie konnte er wissen, auf was er sich einließ?

Nun, er verließ die Flötistin, ohne daß eine Spur davon übrigblieb – auf ihm, meine ich. Ich sah nie irgend etwas, was ihr gehört, keinen Brief, den sie geschrieben hatte. Einmal zeigte er mir ein Tagebuch, in das er gelegentlich etwas eintrug – zwei Jahre in einem einzigen Notizbuch, zum größten Teil musikalische Überlegungen. Er hatte ein ganzes Jahr mit ihr zusammengelebt, und sie wurde darin nicht ein einziges Mal erwähnt.

Mein Mann war trotz der Proteste seines Agenten, des Direktors von Juillard und mehrerer berühmter Pianisten eingezogen worden. Der Präsident von Octagon Records hatte gedroht, in der *Times* eine Protestanzeige zu veröffentlichen, aber mein Mann sprach daraufhin ein Machtwort. Die ganze Sache widerstrebte ihm – er sah nicht ein, daß er vom Militärdienst befreit werden sollte, nur weil er begabt war, während auf die andern, die nicht begabt waren, keine Rücksicht genommen wurde. Es war eigentlich kein Beweis seiner edlen Gesinnung; im Grunde wollte er nur in Ruhe gelassen werden. Er verband nichts mit dem Krieg, er war jedoch eine Art Wunderkind gewesen und hatte es satt, immer nur mit Glacéhandschuhen angefaßt zu werden.

Und wie es sich herausstellte, gefiel es ihm sogar bei der Armee. Niemand hatte jemals von ihm gehört; und er saß in der Kantine herum und spielte «Chopsticks» auf dem Klavier; diese ironische Geste amüsierte ihn. Der Krieg selbst verstörte ihn, aber er war froh, daß die Verstörung von außerhalb kam. Zudem ist er im Gegensatz zu vielen andern Musikern nicht besonders um seine Hände besorgt. Sein ganzes Leben lang hatte er mit seinen Eltern und seinen Lehrern darum gekämpft, Baseball spielen und auch sonst seine kostbaren Gliedmaßen in Gefahr bringen zu dürfen. Im Winter trägt er nie Handschuhe, und er geht gerne angeln. Seine Lieblingsfische sind Fische, die sich zur Wehr setzen – Barsche und Anchovis. Er sagt, er habe sich in der Armee wohler gefühlt als je zuvor.

Wir sind kein junges Paar, deshalb ist sich auch jeder von uns deutlich eines langen Stücks getrennter Lebensgeschichte bewußt. Mein Mann erinnert sich an sein erstes Klavier – ein Kinderklavier. Meine Familie übte auf einem riesigen Chickering, vor dem wir uns wie Mücken fühlten, und bis wir auf die High School kamen, hatten wir alles wieder vergessen. Ich habe mit zwölf keine Mozartsonaten gespielt. Statt dessen klaute ich einen Lippenstift aus einer Drogerie in Kennebunkport, Maine. Mein Mann war fünfunddreißig, als wir heirateten, und ich war gerade einunddreißig geworden. Wir hatten keinen Kreis gemeinsamer Freunde. Seinen Freunden von Juillard war er entweder entwachsen, oder er kannte sie so lange und so gut, daß sie ausschließlich ihm zu gehören schienen. Seine Kameraden von der Armee lebten in Orten wie Ketchum, Idaho, oder Blue Mountain Lake, New York, und er sah sie nie. Nein, jeder brachte seine eigenen Freunde mit. Und jeder denkt über seine eigenen Liebesgeschichten nach. Er hatte seine Ehe. Ich sah Wale in Baja, und er sah die Kämpfe in Vietnam. Das bedeutet einen großen Reichtum, aber auch Qualen. Ich wäre auch glücklich, wenn wir nicht diese Nebenpisten benutzen würden – obwohl ich gerne über Inseln fliege –, aber oft denke ich auch, je häufiger wir zu diesen unzugänglichen Orten reisen, desto ähnlicher werden wir einem Paar, das sich schon in der Schule kennenlernte und nach dem College heiratete. Unsere Lebensgeschichten werden miteinander verschmelzen, und wir werden einander als Bezugspunkt dienen. Die Phasen meines Lebens, in denen ich allein war, werden verblassen. Vielleicht nach dreißig Jahren wird er denken, daß er aus Vietnam an mich schrieb, und ich werde denken, daß ich mit meinem alten Saab von Riiks Point zu ihm nach Hause fuhr, und meine ordentliche Wohnung wird zu der Erinnerung daran, wie ich an einer Bushaltestelle stand und wartete, bis mein Mann vorbeikam und mich mitnahm.

Im September flogen wir mit einem gelben Jet nach Miami; und in einer trüben Ecke des Flugplatzes fanden wir unsere Piste, Everglades Airways. Wir wollten nach French Falls fliegen. In der düsteren Lobby erwartete uns ein übergewichtiger Gigant, dessen Bürstenhaarschnitt wie der Rasen eines Golfplatzes aussah, und ein mißmutiger, einsilbiger Indianer mit einem Goldzahn. Auf die winzige Cessna warteten unsere Mitreisenden: eine Kubanerin mit ihrem Kind, drei schlafende Indianer mit Strohhüten und erloschenen Zigarren und ein verlotterter, junger Mann mit zerknitterten weißen Segeltuchhosen. Keiner flog. Wir setzten uns und warteten auf das Ende eines tropischen Sturms.
Alles in allem warteten wir drei Stunden. Die Stühle füllten sich mit Kubanern, Bauern und Fischern. Endlich wurden die Flüge angekündigt. Acht Leute stellten sich für die Maschine nach Oopalachia an. Sechs flogen nach Little Trinidad. Die Fischer wollten nach Connaught Key. Alle warteten nur darauf, daß der mürrische Indianer das Gepäck einlud und die Piloten ihren Kaffee austranken. Die Piloten

dieser Linien sind wie Motorradrennfahrer. Wenn sie könnten, würden sie bei jedem Wetter fliegen, aber ein öffentliches Verkehrsmittel bedeutet Verantwortung. Die Älteren flogen Postflugzeuge, die mittleren Jahrgänge waren reguläre Piloten, die ihr Job bei großen Gesellschaften gelangweilt hatte, und die Jüngeren hatten das Fliegen in Vietnam gelernt und wollten es auch zu Hause nicht aufgeben.

Endlich stellten wir uns für die Maschine nach French Falls an. Das Flugzeug konnte acht Passagiere befördern, wir waren jedoch nur sechs: die Kubanerin mit ihrem Kind, mein Mann und ich und ein Pärchen, das noch ganz zum Schluß aufgetaucht war – ein Mann mit einem scharfgeschnittenen Gesicht und blondem, schwungvoll zurückgekämmtem Haar, der einen Geigenkasten trug, und seine Frau, deren ausgeprägte Backenknochen die Augen ganz verschwinden ließen. Sie sahen aus wie Raubvögel, die eine kurze Ruhepause eingelegt hatten.

Unser Pilot hieß Ike Fooley, ein untersetzter Vietnam-Veteran mit einem Schnurrbart. Er kannte alle Passagiere außer uns; mein Mann saß jedoch auf dem Kopilotensitz neben ihm, und es stellte sich heraus, daß sie zur gleichen Zeit in Vietnam gewesen waren. In French Falls angekommen, gingen wir in die Bar der einzigen Pension am Platz und aßen mit ihm zu Abend. Er habe immer als der Trottel in seiner Familie gegolten, erzählte Ike Fooley. Sein Vater und seine Brüder waren bei den Stahlwerken in New Orleans beschäftigt. Er hatte genügend Geld zusammengespart, um sich sein eigenes Flugzeug zu kaufen. Er kramte ein Foto hervor – eine rot-weiße Piper Cherokee, auf deren Flügel in schwarzen Lettern «Narrenparadies» gemalt war. Er zeigte uns auch einen Stoß Fotos von Hué – die intensiven, traurigen Bilder eines Amateurfotografen. Er meinte, er habe immer noch nicht überwunden, was er im Krieg erlebt habe; er wäre langsam, bei ihm würde alles eine Weile dauern. Sein Schnurrbart bog sich nach unten und verlieh seinem freundlichen Gesicht einen Anflug von Trauer. Nach dem Essen erzählte er uns, wer die andern waren. Die Kubanerin war Haushälterin in einem herrschaftlichen Haus außerhalb von French Falls, das dem früheren amerikanischen Botschafter in Argentinien gehörte. Das Paar kam gerade von einem Fiedel-Wettbewerb aus Paris, Kentucky, zurück. Sie waren häufig unterwegs – zu Studioaufnahmen in Nashville und Muscle Shoals –, aber sie haßten es. Der Mann hatte ihm die Country-music so definiert: «Schmuck für etwas Schmuckloses».

Während unseres Abendessens braute sich wieder etwas zusammen, und schließlich brach ein neuer Sturm los. Ike Fooley rief in Miami an, um zu sagen, daß er nicht weiterfliegen könne. Er und mein Mann setzten sich an die Bar. Ike fragte, wieso wir nach French Falls gekommen wären, und wir sagten ihm die Wahrheit. Die Wahrheit war, daß es ein Ort war, den man anfliegen konnte. Mein Mann hatte die Zeitschrift *Aviator* abonniert, um sich über abgelegene Landungsplätze und obskure Pisten auf dem laufenden zu halten. French Falls klang für ihn gut, da er demnächst die Französischen Suiten für eine Plattenaufnahme spielen würde. Ike fand das vollkommen verständlich. Er meinte nur, wenn man hier nicht lebte, gäbe es auch keinen Grund, in French Falls zu bleiben, und bot sich an, uns am nächsten Tag nach Key West mitzunehmen. Er sagte, er habe das Wochenende frei, und wenn wir gerne angeln und tauchen würden, wüßte er einen guten Platz. Am Morgen würden wir mit ihm nach Miami zurückfliegen, zu einem privaten Flugplatz fahren, das *Narrenparadies* besteigen und die Keys abklappern.

Sie blieben unten, um das Ende des Sturms über ihren Glä-

sern abzuwarten; ich ging auf unser Zimmer, um ein Bad zu nehmen und mich schlafen zu legen. Das Zimmer roch nach Meer und Regen.
Als ich im Bett lag, dachte ich an all die Orte, die wir angeflogen hatten – Anstrengungen, etwas Schmuckloses zu schmücken. Die Liebe, die uns verband, erschien mir sehr schlicht – der gemeinsame Bezugspunkt fehlte ihr immer noch. Es waren nur wir beiden.

An dem Tag nach unserer Hochzeit öffnete mein Mann einen ramponierten, geflochtenen Koffer und legte eine Patronentasche, eine zerfledderte Partitur des «Italienischen» Concerto, ein ledergebundenes Tagebuch und seinen Armeegürtel auf das Bett – seine Kriegsandenken, sagte er. Immer, wenn er Wache schob, hätte er das «Italienische» Concerto studiert und in Gedanken auch gesungen. Während der sechziger Jahre sah man häufig in schicken, liberalen Magazinen die Fotos von den Habseligkeiten gefangener oder toter Feinde, die beweisen sollten, daß auch unsere Feinde Menschen waren. Das Sammelsurium auf dem Bett sah genauso aus – doch diese Dinge gehörten meinem Mann. Ich erinnere mich, daß ich plötzlich dachte, ‹und wenn er nicht zu mir zurückgekommen wäre? Oder er wäre schwer verletzt zurückgekommen? Oder überhaupt nicht?› Ich berührte keinen der Gegenstände auf dem Bett – ich machte mir klar, daß ich ihn überhaupt nicht gekannt hatte, als er zurückkam, daß wir uns zufällig begegnet waren, zu einem Zeitpunkt, als niemand mehr an den Krieg dachte; sagte jemand, daß er dabeigewesen wäre, so schauten ihn die Leute ohne großes Interesse an, sie registrierten einfach nur eine Tatsache, mit der sie nichts verband oder mit der sie nichts verbinden konnten.
Tatsächlich nimmt mein Mann seine Patronentasche, seinen

Armeegürtel, sein Tagebuch und die Partitur des Italienischen Concerto auf all seine Flüge mit. Zum erstenmal sah ich sie beim Auspacken in Shawano, Wisconsin, wohin wir mit der Wolverine geflogen waren, und seitdem bin ich immer wieder darauf gestoßen. Ich habe nie etwas gesagt, und er sagte auch nichts, aber es ist eine Tatsache, die zwischen uns steht, da ich immer für ihn auspacke.

Er schleppt diese Artefakte mit sich herum, und ich träume von brennenden Jets. Heimlich schaue ich in der Zeitung nach Berichten über Flugzeugabstürze, was für mich ein Beweis ist, daß ich mich nie ans Fliegen gewöhnen werde, daß ich immer zwischen Angst und Lust schwanken werde. Er weiß, daß ich die Zeitung nur wegen dieser schauerlichen Berichte lese, und ich weiß, daß es diese Gegenstände gibt. Und doch geht alles gut. Wenn er nicht probt und ich nicht auf meiner ozeanographischen Station in Riiks Point zu sein brauche, fliegen wir zu einem zentral gelegenen Ort und dann zu einem völlig entlegenen – damit ich an irgendeinem langen, konturlos düsteren Winternachmittag fragen kann: «Erinnerst du dich daran, wie wir mit Ike Fooley über die Keys flogen?» Und mein Mann kann wissend nicken, ein Wissen, das er nur mit mir teilt.

Delias Vater

Delia Schwantes' Vater arbeitete nicht. Ihre Mutter arbeitete – sie unterrichtete Französisch an der Privatschule, auf die wir und Delia geschickt wurden. Als Tochter einer Lehrerin bekam Delia ein Stipendium, während unsere Eltern sich abrackern mußten, um unsere Erziehung bezahlen zu können. Einige von uns himmelten Delias Mutter an; sie trug Kleider, die unsere Mütter nie getragen hätten: schottische Faltenröcke und schlichte Pullover, wie ein Schulmädchen. Sie trug ihr Haar in einem Knoten, und sie war das erste weibliche Wesen mit durchstochenen Ohren, das uns je begegnet war. Unsere Mütter, die kurzes Haar und Perlenclips bevorzugten, meinten, Französinnen wie Delias Mutter bräuchten kein Geld, um elegant auszusehen. Natürlich hatten die Schwantes kein Geld.

Viele himmelten auch Delia an. Sie war schmal, etwas kleiner als der Durchschnitt und hatte Gesichtszüge, in die sie hineinwachsen würde, wie unsere Mütter sagten. Wir sahen aus wie gesunde, guternährte amerikanische Teenager; Delia mit ihrem glatten, blassen Haar und ihren ziemlich melancholischen Augen sah eher wie ein Kobold, eine Elfe aus, ein Wesen aus einem ausländischen Märchenbuch.

Und dann war da noch Delias Vater, der sich gelegentlich bei den Veranstaltungen der Schule blicken ließ, aber vor allem in der Stadt anzutreffen war. Er trug Gabardinehemden von rosaroter, blauer und brauner Farbe, Strickkrawatten, Twillhosen und Schuhe, in die man hineinschlüpfte, die Kennzeichen eines Salonlöwen. Unsere Väter trugen feste englische Schuhe zum Schnüren. Delias Vater war ein Kettenraucher von importierten Zigaretten in flachen, dekorativen Blechdosen. Unsere Väter, die glaubten, Zigaretten seien nur für Frauen und Ausländer, rauchten Pfeife und Zigarren. Neben den gewohnten Gerüchen, die unsern Vätern anhafteten, waren im Leben einiger von uns diese Zigaretten, die Delias Vater rauchte, und dieses importierte Toilettenwasser, das er benutzte, der erste Hauch von Männlichkeit.

Unsere Väter kannten sich alle oder erweckten zumindest den Eindruck. Sie hatten als Rechtsanwälte miteinander zu tun, oder sie waren Mitglieder in denselben Klubs oder Geschäftspartner oder miteinander verwandt oder hatten dieselbe Schule besucht. Am Wochenende spielten sie zusammen Golf oder Tennis, und abends trafen sie sich bei Abendgesellschaften und sprachen über Politik oder über die Börse. Jemanden wie Delias Vater hatten wir noch nie gesehen.

Er war Mitglied einer Gruppe von Prager Avantgardekünstlern und -dichtern gewesen, die sich die Wilden Zehn nannten. Er war Dichter und Journalist und hatte in der Résistance gekämpft. Ab und zu erschien in einer dieser Kunst- und Kulturzeitschriften eine Besprechung oder ein Gedicht von ihm, und gelegentlich übersetzte er auch Bücher aus dem Französischen oder Tschechischen. Wenn man Delia nach dem Beruf ihres Vaters fragte, sagte sie, er sei Schriftsteller, und wir fanden das viel toller als Bankkaufmann, Rechtsanwalt oder Börsenmakler.

Ihr Vater sprach vier Sprachen: Tschechisch mit seinem ältesten Freund, einem Mann, mit dem er Schach spielte – ein rasantes Spiel nach dem andern, «Blitzkrieg» genannt –, Französisch mit seiner Frau; Englisch mit seiner Tochter und Deutsch mit einem deutschen Flüchtling, einem Schneider, der ihm seine Sakkos und Hosen zum halben Preis nähte. Obwohl er Italienisch nicht als eine der Sprachen betrachtete, die er beherrschte, konnte er sich doch stundenlang mit dem Mann, der ihm Obst und Gemüse verkaufte, unterhalten.

Er hatte glänzendes braunes und graues Haar, das er aus seiner schönen, hohen Stirn nach hinten kämmte. Er war mittelgroß und wirkte zart und stark zugleich. Wenn sie auf ihn zu sprechen kamen, sagten die Leute Dinge wie «Trau nie einem Mann, der sich zu fein anzieht». Männer – wir meinten damit unsere Väter – beachteten ihn nicht. Er machte keinen Eindruck auf sie, und bei den Veranstaltungen der Schule übergingen sie ihn einfach, als wäre er Luft. Unsere Mütter fühlten sich jedoch zu ihm hingezogen.

Wir waren die Töchter von Leuten, die statt Phantasie Geld und unerschütterliches Selbstvertrauen besaßen. Wir kamen aus guten jüdischen und episkopalischen Familien und wuchsen alle gleich auf. Wir hatten unsere kleinen Hunde – aber nicht zu klein, denn Miniaturhunde waren etwas für Neureiche. Es waren robuste, kräftige Hunde wie Scotchterrier, Drahthaarterrier, Dackel oder Welsh Corgis, wie sie die Königin von England besaß. Unsere Mütter trafen sich zum Lunch; sie arbeiteten für irgendwelche Wohltätigkeitsvereine und engagierten sich für alles, was mit unserer Schule zu tun hatte. Unsere Väter trugen Hüte und sahen am natürlichsten in Badehosen oder in Anzügen aus. Die Dinge, die Herr Schwantes trug, hatten sie noch nie gesehen. Für ihre sportlichen Aktivitäten bevorzugten sie die bunte Kleidung von Golfspielern und wirkten darin wie

Clowns. Im großen und ganzen war das Leben unserer Eltern unsichtbar für uns – wir sahen nie, was sie den Tag über taten. Die einzig sichtbaren Erwachsenen waren Mr. und Mrs. Schwantes.

Erst als wir selbst die Stadt für uns entdeckten, trafen wir auf Delias Vater. Die eine oder andere von uns sah ihn auf der Straße oder aus einem Café oder Restaurant kommen oder in ein Museum gehen – immer in weiblicher Begleitung. Vivvie Herberts Schwester, eine sechzehnjährige Schönheit, wurde von ihm durch das Museum of Modern Art geführt und im Skulpturengarten zu einer Tasse Kaffee eingeladen. Die Herberts betrachteten Kaffee als schädlich für Kinder – er machte sie zu nervös. Die Tasse Kaffee, die ihr Delias Vater spendierte, brachte Vivvies Schwester völlig durcheinander. Sie kippte ihn herunter und floh, wie sich das für ein braves Mädchen gehört.

Mit fünfzehn traf ich ihn einmal im Central Park, im Zoo. Er stand vor dem Löwenkäfig und schien Tränen in den Augen zu haben.

Man grüßte Delias Vater nicht auf die übliche Art. In seinem Fall war eine förmliche, europäische Begrüßung angebracht. Ich streckte immer die Hand aus und machte mit den Fersen die schwache Andeutung von jenem Knicks, den man mir als Kind beigebracht hatte.

Er nahm meine Hand. «Aha», sagte er. «Georgia Levy. Was für hübsche Namen eure Eltern für euch aussuchen. Sie faszinieren mich, diese Namen.»

Seine Augen waren haselnußbraun, und sie glitzerten wie Reptilienaugen. Er zündete sich eine seiner Zigaretten an. Die Blechschachtel, in der sie sich befanden, war rot, weiß und gold. Wie glücklich sich Delia schätzen konnte, einen Vater zu haben, der so wunderbare Zigaretten rauchte, und wahrscheinlich gab er ihr die Schachteln für ihre Haarspangen. Er wartete offensichtlich auf jemanden. Er sagte: «Du mußt mir diese Anwandlung verzeihen. Wilde Tiere lassen mich immer ganz melancholisch werden.» Er nahm meine Hand – man gab Delias Vater sowohl bei der Begrüßung wie auch beim Abschied die Hand. Die Begegnung war zu Ende.

Wenn Delia «mein Vater» sagte, verwirrte uns das – wie konnte man solch exotisches Wesen mit einem so banalen Begriff benennen! Unsere Väter sah man nicht mehr in Zoos oder Museen, wenn ihre Kinder die Pubertät erreicht hatten. Sie trafen sich nicht in Bars, sondern in ihren Klubs. Sie lungerten nicht auf öffentlichen Plätzen herum und warteten auf jemanden. Wenn man ihnen begegnete, klopften sie einem auf den Rücken oder legten einem die Hand auf die Schulter. Unsere Väter sahen nie so aus, als wären sie eben aus dem betäubten Zustand nach der Liebe erwacht. Ihre Augen besaßen nicht dieses geheimnisvolle Glitzern, das ein Teenagerherz zucken ließ wie einen eben gefangenen Fisch.

Unser gesellschaftliches Leben wurde für uns geregelt. Es bestand zum Beispiel aus heißer Schokolade nach dem Schlittschuhlaufen, gemeinsamen Kinobesuchen, Arbeitsgruppen für Prüfungen, Einladungen zum Abendessen, die man natürlich erwiderte. Wenn Delia zum Essen kam, brachte uns alles in Verlegenheit: die großen, phantasielosen amerikanischen Rippenbraten mit gebackenen Kartoffeln, die faden Salate aus Kresse und Grapefruit, die Tatsache, daß eine Farbige (die wir beim Vornamen nannten) uns bediente, und unsere langweiligen Väter und Mütter, die nicht wußten, worüber sie mit einem Kind sprechen sollten, dessen Eltern sie nicht seit eh und je kannten, vor allem, wenn der Vater dieses Kindes ein Lebemann war und die Mutter

das Geld verdiente und seine Antworten die leisen, korrekten, vorsichtigen Antworten eines europäischen Kindes waren, nicht die lauten, ungenierten, die sie kannten.
Wurden wir zu den Schwantes eingeladen, machten unsere Mütter Bemerkungen wie: «Ach, Liebes, denkst du nicht, daß es für Frau Schwantes schrecklich anstrengend ist, den ganzen Tag zu arbeiten und euch dann noch zu füttern?»
Man zog sich um, wenn man zu Delia ging. Wir hatten Dienstboten, sie hatten Umgangsformen. Unterwegs machte man beim Blumenhändler halt und ließ sich (auf mütterliches Geheiß) ein halbes Dutzend rosarote Rosen geben, die auf Rechnung der Eltern gingen.
Das Essen, das es bei den Schwantes gab, war phantastisch – nicht zu vergleichen mit den langweiligen Lammkoteletts und den Braten, die wir gewohnt waren. In einem glasierten, irdenen Topf servierte Frau Schwantes ein duftendes, mit Wein gekochtes Ragout. Sogar die Kartoffeln schmeckten bei ihnen anders – erdiger und weniger nach Stärke. Die Salatsoße erschien uns wie etwas für Erwachsene; es war nicht dieses süßliche eingedickte Zeug, das es zu Hause gab. Zum Nachtisch gab es Obst und Käse. Wir behielten nie den Namen der Käsesorte, aber selbst wenn Frau Schwantes sie für uns aufschrieb und wir unsere Mütter baten, sie zu besorgen, schmeckte sie doch ganz anders an unseren Tischen. Wir bekamen mit Wasser verdünnten Wein zum Essen und danach Kaffee in Mokkatassen.
Gelegentlich ließ sich auch Delias sehr viel ältere Schwester Vanessa blicken. Sie war gewiß das schönste Mädchen, das wir je gesehen hatten. Sie hatte eine Zeitlang in Paris gelebt und arbeitete nun für einen französischen Modeschöpfer in New York. Wie ihr Vater rauchte sie eine Zigarette nach der andern, und das Französisch, das sie mit ihrer Mutter sprach, klang wie ein Maschinengewehrfeuer. Ihr schim-

merndes rötliches Haar bildete eine Lockengloriole um ihren Kopf, und ihre Kleider waren eine etwas kühnere Variante dessen, was ihre Mutter trug. Unsere Schwestern waren im Vergleich zu Vanessa sehr langweilig. Vanessas Leben, dachten wir, sei vergleichbar mit diesen japanischen Papierblumen, die sich in ihrer ganzen Schönheit entfalten, wenn man sie ins Wasser legt.
Vanessa schien ihren Vater bewußt zu ignorieren, was ihn offensichtlich ärgerte – sogar wir bemerkten das. Er konnte es nicht vertragen, daß eine schöne Frau – und mochte sie seine Tochter sein – ihm nicht ihre ganze Beachtung schenkte und auf seine Beachtung keinen Wert legte. Sie schenkte ihm ein Glas Wein ein, ohne ihn anzusehen. «Vielen Dank, mein Liebling», flötete er. Wie konnte sie ihm widerstehen? Er sprach mit ihr, aber sie sprach nicht mit ihm. Sie richtete ihre Äußerungen ausschließlich an ihre Mutter, und ihr Schweigen ihm gegenüber war voller Verachtung. In Vanessas Gegenwart schien er ein wenig zu schrumpfen. Seine Augen wurden etwas stumpfer, wie die einer preisgekrönten Rassekatze, die zu kränkeln anfängt. Ratlosigkeit Frauen gegenüber war für ihn, auch in kleiner Dosis, etwas völlig Unbekanntes. Sie zerrieb ihn. Delia und ihre Mutter gingen geschickt darüber hinweg, und ein weniger fanatischer Schwantes-Beobachter als ich hätte vielleicht überhaupt nicht bemerkt, daß Vanessa kein einziges Wort an ihren Vater richtete.
In unseren Familien wäre das völlig unmöglich gewesen. Wenn unsere Schwestern unsere Väter geschnitten hätten, wären sie von unseren Müttern beiseite genommen und belehrt worden, wie man sich in Gegenwart von Gästen benahm. Unsere Schwestern kamen politisch engagiert vom College zurück und stritten sich mit unseren Vätern, weil unsere Väter reich waren, oder sie beklagten sich über ihren

Snobismus, wenn sie einen auffälligen Freund mitbrachten, oder sie ärgerten sich über die väterliche Starrheit, wenn sie ihre neuen Ideen entwickelten. Aber alles wurde ausgesprochen. Türen knallten. Im ganzen Haus fanden Aussprachen statt, Drohungen wurden ausgestoßen. Das war die amerikanische Art, Probleme anzugehen. Von amerikanischen Kindern erwartete man, daß sie rebellisch waren: Es war gesund und hielt sowieso nicht lange an.

Nach dem Abendessen bei den Schwantes erschienen uns unsere Eltern so praktisch und robust wie Hotelgeschirr. Die Luft Amerikas, das Geld, die Nahrung, das Wasser, die Milch holsteinischer Kühe, der Demokratisierungsprozeß – sie hatten all das über Generationen gehabt und waren dadurch stark und offen geworden, beseelt von einem unerschütterlichen Kinderglauben an die Gültigkeit und Richtigkeit ihrer Lebensweise. Die Schwantes hatten jedoch von subtileren, selteneren und weniger kräftigen Dingen gelebt. Sie waren zerbrechlich. Sie besaßen Tiefe und Patina wie die Keramiken des 19. Jahrhunderts. In ihrer Wohnung herrschte ein gedämpftes, goldenes Licht, das zu ihnen paßte. Alles an ihnen war besonders.

Wir spürten, daß Delia und ihre Mutter einander besonders nah waren. Häufig gingen sie zusammen zur Schule. Ihr Anblick machte auf uns großen Eindruck. Unsere Mütter und wir führten getrennte Leben. Was sich in der Schule abspielte, hatte nichts mit ihnen zu tun, und was sie tagsüber taten, interessierte uns nicht. Wenn unsere Väter zur Arbeit gingen, war es, als lösten sie sich in Luft auf. Das Leben der Erwachsenen wurde in unsern Augen durch einen Mann und eine Frau symbolisiert, die sich gerade umzogen (sie befindet sich im Ankleideraum, er holt seine Kleider aus dem Zedernholzschrank und verschwindet damit im Schlafzimmer oder Badezimmer), um am Samstagabend zu einem Dinner auszugehen. Das Leben der Erwachsenen bestand aus unverständlichen Scherzen und Anspielungen, Dingen (wie Eiskaffee, Martinis und rohe Steaks), die nicht schmeckten, und Begriffen, mit denen man nichts verband (wie zum Beispiel Geld).

In dieser Umgebung vermittelten uns die Schwantes unsere ersten Eindrücke von dem Leben der Erwachsenen. Wir sahen die reale Mutter einer Freundin täglich bei ihrer Arbeit. Wir sahen den Vater der Freundin, unabhängig von ihr. Sonst begegneten wir niemals zufällig einem Vater.

Am Wochenende fuhren unsere Väter nach Westchester, um Golf zu spielen. Oder sie arbeiteten zu Hause in ihren Arbeitszimmern. Herr Schwantes, für dessen Arbeit das Wochenende wahrscheinlich am günstigsten gewesen wäre, widmete sich ausschließlich seiner Familie. Bei schönem Wetter veranstalteten sie ein Picknick, zu dem wir manchmal eingeladen wurden – ein großer Korb mit belegten Brötchen, Tüten voller Kresse, abgedeckte Schüsseln mit Kartoffeln und Wurst und ein Spirituskocher für den Kaffee. Am liebsten fuhren sie zu einem historischen Ort oder schauten sich das Herbstlaub an oder besuchten eine hübsche oder interessante Stadt. Am Sonntag brachte Herr Schwantes Delia und ihre Mutter zu der kleinen katholischen Kirche in ihrer Nähe und setzte sich dann in ein Restaurant, um sein Frühstück einzunehmen. Er selbst ging niemals zur Kirche. Anschließend stieg die Familie wieder in das Auto, und man fuhr zum Essen ins Grüne.

Das Auto war alt und hatte graue Filzpolster; in ihm unternahmen die Schwantes während der Sommerferien ihre Reisen, wie sie, dachten wir, nur die Armen machten: per Auto durch Amerika. Wir wurden entweder in ein Ferienlager geschickt oder nach Frankreich zu einer netten, französischen Familie oder mit den Teens aller Nationen auf eine

Radtour durch das Seengebiet. Doch die Schwantes bereisten ihre neue Heimat. Frau Schwantes saß vorn, häkelnd oder stickend. Delia saß hinten mit einer ihrer französischen Kusinen: Lillian, Sylvie oder Marie-Luc.
Die Schwantes nahmen viele Dinge sehr ernst, über die wir nicht weiter nachdachten. Zum Beispiel Musik. Konzertbesuche gehörten zu dem weiblichen Gesellschaftsleben. Fanden sie im Winter statt, nannten wir diese Veranstaltungen «Die Pelzparaden», denn wir sahen, wie sich unsere Mütter und Großmütter und Tanten und all ihre Freundinnen in ihren Zobel-, Nerz- und Sealmänteln begrüßten. Die größten Werke der Welt schienen für sie nichts weiter als Entspannung zu sein: Sie schätzten gute Aufführungen und ein konservatives Repertoire, nichts, das sie beanspruchte. Ab und zu trat eine Mutation in Erscheinung, jemand, der Musik wirklich liebte. Ich und auch Ellie Meyer waren solche Mutationen. Ellies Großmutter hatte sogar das Konservatorium in Paris besuchen dürfen, bevor sie pflichtbewußt heimkehrte, Ellies Großvater heiratete und sich daranmachte, Ellies Vater hervorzubringen. Eines Abends hatte die alte Mrs. Meyer bei einer Veranstaltung der Schule Delias Mutter und Vater kennengelernt. Von da an teilte sie ihre Karten mit ihnen. Sie nahm Delias Mutter in die Oper und Delias Vater in die Konzerte mit. Es war ein Vergnügen, ihn zusammen mit Mrs. Meyer zu sehen, die eine sehr schöne, eindrucksvolle Frau war mit ihren leuchtend weißen Haaren. Sie waren für uns das erste Paar von Erwachsenen, die sich aus anderen Gründen als Familie, Sex oder Geld zusammengetan hatten. Sie flirteten miteinander, neckten sich und führten lange Gespräche. Als wir in der zehnten Klasse einen Aufsatz über Freundschaft schreiben sollten, waren Mrs. Meyer und Delias Vater meine Modelle.
Die meisten von uns – Delia war die Ausnahme – gingen

beieinander ein und aus. Wir fühlten uns überall zu Hause, denn überall sah es aus wie zu Hause: die gleichen seidenen Vorhänge und Ölgemälde in schweren Goldrahmen, geräumige Speisekammern und gutes Essen, chintzbezogene Sofas, farbige Köchinnen und Salontische aus Nußbaumholz, Perserteppiche und große Aschenbecher aus Glas. Wenn in unseren Haushalten etwas zerbrach, dann zerbrach es mit lautem Krach.

Wir holten uns gegenseitig ab und gingen zusammen zur Schule. Wollte man jedoch Delia abholen, so mußte man zuvor gleichsam einen Termin vereinbaren, oder aber sie fragte an.

Die Schwantes wohnten so weit im Osten der Stadt wie niemand von uns, in einer Straße mit Bäumen, die wir sehr hübsch fanden. Wo wir lebten, gab es nur Einfamilienhäuser und Apartmenthäuser. Im Viertel der Schwantes hingegen waren auch eine Wäscherei, ein Antiquariat, ein Antiquitätengeschäft und eine Schneiderei. Das Gebäude, in dem sie wohnten, war ein modernisiertes Mietshaus mit Fliesenböden und gestrichenen Blechdecken. Im Gegensatz zu uns, die wir alle über zusätzliche Räume verfügten, entsprach die Wohnung der Schwantes genau den Bedürfnissen der Familie: ein Wohnzimmer, ein Eßzimmer, eine kleine Küche und zwei Schlafzimmer. Sie hatten fünf verschiedene Kaffeemaschinen, von denen jede einen anderen Kaffee braute. In der Küche gab es eine Pfanne für Crêpes, eine Pfanne mit einem Muster für eine bestimmte Sorte von Waffeln und Gläser mit getrockneten Kräutern und Blüten für Tees.

Da es in ihrer Küche keinen Tisch gab, nahmen die Schwantes ihr Frühstück im Eßzimmer ein. Wir fanden das sehr elegant und europäisch. Wenn wir Delia abholten, bekamen wir die Reste ihres Frühstücks zu sehen – die beiden weißen

Schalen, aus denen Delias Eltern ihren Café au lait tranken, Delias Saftglas und ihre kleine Kaffeetasse, ein Glasteller, auf dem noch zwei Zwiebacke lagen und ein Marmeladenglas. Unser überladener Frühstückstisch hingegen wies die Reste eines üppigen Mahles auf, das eine erweiterte Familie eingenommen hatte – Brüder und Schwestern, ein Gast, eine Tante oder eine Kusine. Im frühen Morgenlicht sah man der Frühstückstafel der Schwantes an, daß sie nur einander hatten.

Wir erfuhren die Neuigkeit über Delias Vater von Männern der Gesellschaft, deren inzwischen verheiratete oder studierende Schwestern Nachmittage mit ihm verbracht hatten (oder die Freundinnen hatten, die mit ihm zusammen gewesen waren). Wir erfuhren, daß er Mädchen, die er im Bus oder im Museum traf, in Hildegard's Tea Room oder ins Petit Trianon einlud. Mit älteren Frauen – etwa mit Jane Dalsimers Mutter, wie es hieß – traf er sich in der Russian Bar oder im Carlsbad Café. Wir fanden das ganz normal. Unsere Väter hatten nichts von romantischen Helden an sich – wer würde schon mit einem von ihnen in ein Café gehen wollen? Delias Vater war jedoch einer. Man konnte sich ihn nicht mit etwas so Banalem wie einem Beruf oder einem Job behaftet vorstellen. Allenfalls als Spion war er denkbar. Wir konnten ihn mit Baskenmütze und einer Zigarette vor uns sehen, auf einem Bahnhof, im Schatten. Diese Bilder entstammten den Romanen, die wir lasen, und den ausländischen Filmen, die wir uns Samstagnachmittags anschauten. Unsere Väter waren im Krieg gewesen, aber Delias Vater hatte in der Résistance gekämpft, und das war etwas ganz anderes.
Zu unserem Umgang mit dem anderen Geschlecht gehörten infantile Schwärmereien für Jungen von einer anderen

Schule, die wir bei Tanzveranstaltungen trafen. Wenn sich einer dieser Jungen für ein Mädchen interessierte, so versuchte er sie bei jeder Gelegenheit anzurempeln. Und erwiderte sie das Interesse, so war die Antwort eine Ohrfeige. Aber mit jemandem einen Drink einzunehmen, sich auf einer Polsterbank niederzulassen, mit einem Mann, der sich eine Zigarette anzündete oder einem Feuer gab! Beine, die sich unter dem Tisch beinahe berührten! Die Vorstellung allein wirkte elektrisierend.
Herr Schwantes mochte Mädchen wie Mary Shiller oder Grace Herbert, Vivvies Schwester. Sie galten als die Schönheiten unserer Schule, und sie wurden von berühmten Bühnenautoren und Bankiers zum Abendessen eingeladen. Er traf dieselben Mädchen nach dem College, nach ihrer ersten Heirat, ihrem zweiten Kind, ihren Scheidungen. Er mochte nicht nur erwachsene Schulmädchen, sondern auch reiche Frauen, die so viel Geld und Mühe auf sich verwandten, daß sie funkelten. Er mochte interessant und zerstört aussehende Europäerinnen, die schöne, streng geschnittene Kleider trugen – ältere Frauen. Er mochte interessant aussehende junge Mädchen – einige waren Vanessas Freundinnen, kein Wunder, daß sie ihn haßte –, die Hosen trugen, zuviel rauchten und schmollten. Er mochte dicke, abgetakelte, ehemalige Debütantinnen, die immer sehr kurzsichtig aussahen, und dünne Mannequins mit silberblondem Haar. In Gegenwart seiner Frau gab er sich sehr zurückhaltend und umsichtig und nahm behutsam ihren Arm. Der Abstand zwischen ihnen war gerade so nah, daß seinen Eroberungen kurz das Herz gestockt hätte, wären sie ihm begegnet, wenn er mit seiner Frau zusammen war. Diese Nähe deutete auf eine Bindung hin, die nur sie beide verstanden; Tatsache war jedoch, daß niemand die Schwantes verstand.

Lange Zeit war ich der Überzeugung gewesen, meine Freunde und ich seien alle gleich, sogar Delia, die ewig Fremde. Ich dachte, unsere Herzen unter unseren karierten Uniformen unterschieden sich nicht; aber ich täuschte mich. Das begriff ich kurz vor meinem achtzehnten Geburtstag.

Meine Klassenkameradinnen büffelten wie alle lieben, folgsamen Mädchen für ihre Prüfungen, aber ich konnte kaum noch stillsitzen. Ich betrachtete das College als ein Abenteuer. Für sie bedeutete es jedoch nur einen Schritt auf dem Weg zum Erwachsenendasein, nach dem man sich dann irgendwo niederließ und den Ernst des Lebens in Angriff nahm. Ich hatte keinen einzigen Schultag versäumt, außer wenn ich krank war; um jedoch von der Freiheit, die vor mir lag, einen Vorgeschmack zu bekommen, machte ich einen Tag frei und verbrachte ihn ganz allein. Es war ein warmer Vorfrühlingstag mit jenem weichen, blassen Licht, das durch einen Dunst von Pollen zu dringen scheint und sich einem sanft auf die Schultern legt. Ein idealer Tag, um ziellos umherzustreifen. Ich spazierte durch meine Lieblingsstraßen, um zu sehen, wie sie an den Werktagen aussahen, und nahm in Lillians Candy Shop, einem Laden, in dem vorne Pralinen und hinten Sandwiches verkauft wurden, einen einsamen, aber glücklichen Lunch ein. Ich wurde ganz schwindlig davon, einmal in meinem Leben einfach abzuwarten, was der Tag bringen würde, und ihn nicht bis ins letzte Detail geplant zu haben. Was er mir schließlich brachte, war Delias Vater.

Als wir uns trafen, war es schon spät am Nachmittag, und die Straßen wirkten düster in dem blauen Licht. Eine Stimme hinter mir sagte: «Es ist so schwierig, die Freundinnen seiner Tochter zu erkennen, wenn sie keine Uniform tragen.»

Und da war er. Seine Augen mit den schweren Lidern glitzerten. Sein dichtes Haar war zurückgekämmt. Er trug einen Rollkragenpullover, einen Kamelhaarmantel, und er rauchte eine Zigarette. Man konnte dies als ein zufälliges Treffen bezeichnen, in Wirklichkeit aber war dies sein Terrain – der Teil Manhattans mit den Buchhandlungen, Cafés und Gewürzläden. Hier empfing Delias Vater – die russische Bar war um die Ecke und das Petit Trianon nur ein paar Straßen weiter. Zu behaupten, daß ich nach ihm Ausschau gehalten hätte, würde nicht ganz der Wirklichkeit entsprechen, ich muß jedoch gewußt haben, daß die Chance, ihm hier zu begegnen, recht groß war.
Trotzdem geriet ich bei seinem Anblick in Panik. Er war physisch so nah. Ich war zu verwirrt, um ihm auch nur die Hand zu schütteln. Für Delias Vater, das spürte ich, war ich ein offenes Buch. Er nahm meinen Arm, als sei es ausgemacht, daß ich mit ihm weitergehen würde.
«Du warst offensichtlich heute nicht in der Schule», sagte er. «Was hast du denn getrieben?»
Ich konnte kaum sprechen. Ich stieß hervor: «Dasselbe wie Sie.» Womit ich meinte, Flanieren. Er warf den Kopf zurück und lachte ein tiefes, weiches Lachen.
«Ich hoffe doch sehr, daß du nicht dasselbe tust», sagte er. «Du bist ein Schulmädchen, und ich bin jemand, der sein Leben vergeudet. Sei lieb, rette mir meinen vergeudeten Tag, und begleite mich auf dem letzten Teil meines Spaziergangs.»
Alle Mädchen, die ich kannte, hätten darauf, ohne auch nur eine Sekunde zu zögern, geantwortet: «Ich würde nichts lieber tun als das, aber ich muß nach Hause. Nett, Sie getroffen zu haben, Mr. Schwantes. Auf Wiedersehen.» Sie wären gar nicht auf den Gedanken gekommen, etwas anderes zu sagen, und sie hätten es auch so gemeint. Aber der Gedanke

an einen Spaziergang mit Delias Vater ließ mein Herz höher schlagen. Ich war begeistert und voller Angst zugleich, und nichts auf der Welt hätte mich dazu gebracht, nein zu sagen.

Er ging mit mir zum Fluß und die Treppen zur Promenade hinunter. Niemand war am Fluß. Die Sonne war untergegangen, und der Himmel begann gerade, sich zu verdunkeln. Meine Schultern bebten leicht, von der Kälte, dachte ich.

Delias Vater zündete sich wieder eine seiner Zigaretten an, und von dem Rauch wurde mir fast schwindlig. Er hatte etwas gesagt, und ich hatte nicht zugehört. Ich hörte ihn kaum. Ich hörte meine Schritte und das laute Klopfen meines Herzens. Als er seine Zigarette zu Ende geraucht hatte, wandte er sich mir zu. Seine zarten, scharfen Züge schienen einzig zum Verführen und Beobachten geschaffen zu sein.

Für manche Menschen teilt sich das Leben eindeutig in Kindheit und Erwachsenendasein, und ich wußte, daß ich zu ihnen gehörte. Delias Vater nahm meinen Arm, als hätten wir getanzt, und drehte mich einfach zu sich herum. Ich war ziemlich groß, und wir paßten zusammen. Seine Augen glitzerten, und er lächelte. Er schob mich einen oder zwei Schritte näher an die Mauer der Promenade und küßte mich dort genauso, wie ich es mir vorgestellt hatte. Ich erwiderte seinen Kuß.

Eros als kleinen, pausbäckigen Knaben mit Flügelchen und kleinen Spielzeugpfeilen darzustellen, wie wir es in der Kulturgeschichte gelernt hatten, schien mir der reinste Hohn zu sein. Dem so gut wie unberührten Mädchen, das ich war, erschien Eros eher wie ein Luchs, der mit großen, kräftigen Krallen und gefährlichen Zähnen an den Stäben seines Käfigs hängt.

Delias Vater küßte mich noch einmal. Ich erwiderte den Kuß. Der Geruch nach Rauch, Kölnisch Wasser – nach ihm – ließ mich in den Knien weich werden.
Kinder bilden einen Stamm, und die Kindheit ist die Heimat dieses Stammes. Eine falsche Bewegung, und man verliert alles. Der Stamm zieht ohne einen weiter. Man vergißt seine Sprache, und wenn man einem seiner früheren Spielgefährten begegnet, so vermag er einen weder zu verstehen noch wiederzuerkennen.
Irgendwo an einem sicheren Ort waren Delia und meine anderen Freundinnen – sie deckten den Tisch, machten ihre Hausaufgaben, schauten sich die Nachrichten an, hatten eine Klavierstunde –, während ich auf der Promenade stand und Delias Vater küßte. Schließlich ließ er mich los und betrachtete mich, ohne etwas zu sagen. Die Hand auf meiner Schulter, dirigierte er mich die Treppe zur Straße hinauf mit einer Behutsamkeit, die man Leuten entgegenbringt, die sich den Knöchel verstaucht oder eine kleinere Operation hinter sich haben.
Die Straßenlaternen waren angegangen. Es war beinahe dunkel. Das Licht war gegen uns. Ich hatte das Gefühl, meine Beine beständen aus Luft. Hätte Delias Vater nicht so nahe neben mir gestanden, daß unsere Arme gegeneinander gepreßt wurden, so wäre ich wohl einfach zusammengesackt. Ein paar Kinder kamen vom Spielen nach Hause, und in dieser unheimlichen Dunkelheit wirkten sie unruhig und verstohlen wie Tiere, die nachts aus ihren Verstecken kommen. Delias Vater nahm meinen Arm. Die unruhigen Kinder huschten an uns vorbei, und ich ging auf meine Straßenseite hinüber, für alle Zeiten.

Ein mythologisches Thema

Häufig sind es die Vorsichtigen, die von den Ereignissen überrascht werden. Verlierertypen – Leute, die nicht ständig damit beschäftigt sind, jede kleine Sache abzuwägen und abzuschätzen – sind an Überraschungen, Zufälle, Zwischenfälle, Dinge, die sich nicht mehr kontrollieren lassen, und Dinge, die sich plötzlich eingeschlichen haben, gewöhnt. Es sind die Sonntagskinder des Lebens, für die das Leben einfach geschieht, was immer es auch bringt.

Ganz anders diejenigen, die an die Kraft des Willens, an einen Sinn, eine Absicht glauben, die nachdenken, vor sich hinbrüten, alles erwägen, die nicht an Zufälle glauben, die mit einer klaren Vorstellung davon, wie die Welt auszusehen habe, geboren werden oder mit einem introvertierten Wesen oder mit einem unerbittlichen Bewußtsein.

Ich gehöre zu den ersteren, eine Frau voller Lebensfreude. Der erste Mann, der um meine Hand anhielt, erwies sich als der ideale Ehepartner. Vielleicht war ich einfach glücklich mit dem, was mir über den Weg lief; Tatsache ist jedoch, daß meine frühe Ehe Bestand hatte und gedieh. Als Paar sind wir wohltemperiert, leicht zufriedenzustellen, neugierig und weder Tratsch noch gutem Essen abgeneigt. Mein Mann Edward kümmert sich um die Importfirma seiner Familie. Wir haben drei Kinder, die alle irgendwo studieren. Wir nehmen regen Anteil am Gesellschaftsleben, und unser größtes Vergnügen ist es, unsere interessanten Freunde zusammenzubringen.

Von unserem Clan lag mir besonders meine Kusine Nellie Felix am Herzen. Ich hatte sie schon als Kind gekannt und war begeistert, als sie nach New York kam, um hier zu leben und zu studieren. Schließlich gibt es kaum etwas so Erfreuliches wie ein attraktives Familienmitglied. Sie steckte voller Optimismus und tiefempfundenem Idealismus. Was aus ihr einmal werden würde, war eines unserer liebsten Gesprächsthemen.

Zwischen zwanzig und dreißig hatte sie zwei dramatische Affären. Diese Affären überraschten sie: Sie sah sich nicht als romantische Heldin, sondern als eine Person, die in der Liebe Verbundenheit und Integrität sucht. Ihr Idealismus in diesen Dingen war rührend und auch etwas naiv. Daß eine Affäre im Sand verlaufen konnte, brachte sie aus der Fassung. Wenn sie nicht in einer ernsthaften Beziehung steckte, war sie ein ziemlicher Einzelgänger, obwohl sie sehr nette Freunde hatte.

Mit dreißig verliebte sich Nellie in einen Rechtsanwalt namens Joseph Porter. Er war liebenswert, intelligent und auch temperamentvoll genug, um ihr gemeinsames Leben interessant zu gestalten. In ihm fand Nellie, was sie gesucht hatte, und sie beschlossen zu heiraten. Nellie glaubte an Ordnung, Beschaulichkeit und an ihre Familie als einen sicheren Hafen, und sie arbeitete härter, als ihr das selbst bewußt war, um sich all das auch fest zu sichern. Sie unterrichtete drei Tage in der Woche an einem Mädchencollege, das eine Stunde von New York entfernt war. Ihre Studenten liebten sie. Sie und Joseph vergrößerten ihren Bekanntenkreis, und schließlich bekam Nellie ein Kind, eine entzückende Tochter namens Jane. Sie lebten in einem Stadthaus,

und ihr Leben war angenehm, gut organisiert, bequem und machte den Eindruck, als liefe es von selbst.
Aber Nellie hatte nicht das Gefühl, daß alles von selbst lief. Sie hatte sich dieses Leben sehnlichst gewünscht, aber sie wußte, daß es ihr beinahe nicht gelungen wäre, es zu verwirklichen; die Zeit zwischen zwanzig und dreißig war nicht die Suche nach dem Glück gewesen, sondern eher ein Schlachtfeld der Gefühle; ein Teil von ihr war nicht für Ordnung und Organisation, sondern für Chaos. Sie glaubte, daß die hübschen, ordentlichen Fassaden der Dinge Elend und Verzweiflung aussperren könnten und daß sie immer nur auf der Hut sein müßte, vor allem vor sich selbst. Sie beschrieb mir einmal einen Brunnen, den sie auf ihrer Hochzeitsreise auf dem Domplatz in Barcelona gesehen hatte. Es war ein Zierbrunnen, aus dem ein nie abbrechender Wasserstrahl schoß. Und auf der Spitze dieses Strahls hüpfte ein Ei. Für Nellie war das die beste Metapher für ihr Lebensgefühl. Ohne ständige Wachsamkeit, Gewissensforschung, kritische Selbsteinschätzung und starken Willen würde das, was das Ei ihres Lebens oben hielt, ausfallen, und das Ei würde zerspringen. Sie wußte, daß ein nie hinterfragtes Leben nicht lebenswert war. Sie wollte nichts aus einem falschen Grund heraus tun. Oder aus überhaupt keinem Grund oder aus Gründen, die sie nicht verstand. Sie wollte klar und unsentimental sein und nur Dinge glauben, die wahr waren, nicht einfach etwas, was für sie tröstlich war. Als ihr Kollege Dan Hamilton zu ihr sagte: «Du springst hart mit mir um», sagte sie: «Mir selbst gegenüber bin ich noch härter, das kann ich dir versprechen.»

Mein Mann und ich machten Nellie mit Dan Hamilton bekannt. Wir hatten schon längere Zeit geplant, die Porters und Hamiltons zusammenzubringen, aber die Hamiltons waren selten abkömmlich. Miranda Hamilton war Designerin, und ihre Arbeit brachte häufige Auslandsreisen mit sich. Dan war Historiker. Alle drei oder vier Jahre produzierte er ein erfolgreiches populärwissenschaftliches Buch über eine historische Persönlichkeit aus der Kolonialzeit. Im Verlauf der Jahre hatten ihm diese Bücher ein Vermögen eingebracht, und er war zu einer Art reisender Gelehrter geworden. Jetzt, wo ihre drei Söhne erwachsen und verheiratet waren, hatten sie sich mehr oder weniger in New York niedergelassen. Dan gönnte sich eine Schreibpause und war nun der Star an Nellies College – ein triftiger Grund, um die beiden Paare zusammenzubringen.

Sie verstanden sich prächtig. Mein Mann und ich überblickten von den entgegengesetzten Enden der Tafel unsere erfolgreiche Abendgesellschaft und erglühten vor Stolz. Wie gut sie alle im Kerzenlicht aussahen! Joseph, groß, kräftig und sehr gut angezogen, saß neben Miranda. Sie sprachen über Paris. Miranda trug ihr rötliches Haar in einem modischen Knoten. Sie war drahtig und elegant und benutzte eine kleine, schwarze Zigarettenspitze. Nellie saß neben Dan. Sie war wie immer sehr einfach und schlicht gekleidet und sah wundervoll aus. Sie hatte glattes, aschblondes Haar, das straff aus dem Gesicht gekämmt war, und sehr lebendige und ausdrucksvolle haselnußbraune Augen. Dan, ihr Nachbar, war das genaue Gegenteil von ihr. Während Nellie immer tipptopp und sehr korrekt war, wirkte Dan eher bizarr und jungenhaft. Er hatte einen Kopf voller kupferfarbener und grauer Locken, und irgend etwas war bei ihm immer nicht in Ordnung. Seine Krawatte war nie ganz richtig geknotet, und die Taschen seiner Jacke beulten sich, weil er Pfeifen, Bücher und Kleingeld in sie stopfte. Er, Nellie und mein Mann alberten an ihrem Tischende herum, und Nellie lachte.

Beim Kaffee stellte sich heraus, daß Nellie und Dan zur selben Zeit unterrichteten. Dan sagte: «In diesem Fall sollte ich Sie mit dem Wagen mitnehmen. Ich hasse es, allein zu fahren, und die Züge sind schrecklich.» Daraufhin warf Miranda Dan einen Blick zu, den Nellie, ohne es zu wollen, registrierte. Sie vermutete, daß Dan wohl eine bekannte Vorliebe dafür hatte, allein zu fahren, und daß er Miranda nur necken wollte, indem er mit ihr flirtete.

Aber die Vorstellung, im Wagen zum College mitgenommen zu werden, war sehr verführerisch. Die Züge waren wirklich schrecklich. Die erste Woche ihrer Fahrgemeinschaft war ein großer Erfolg. Sie fachsimpelten, redeten über ihre Fakultät, ihre Vorlesungen und ihre Familie. Dan kannte einige der Professoren, die Nellie auf dem College gehabt hatte. Die Zeit verging wie im Flug auf diesen Fahrten.

Nach zwei Wochen fühlte sich Nellie etwas unbehaglich wegen der Benzinkosten und der Straßenbenutzungsgebühren und wollte entweder dafür aufkommen oder sich zumindest daran beteiligen. Dan lehnte das kategorisch ab, und Nellie schlug ihm deshalb vor, sie wolle sich an den Schultagen mit einem Frühstück revanchieren. Dan fand das eine ausgezeichnete Idee. Nellie kochte einfach und gut. Sie servierte Dan Teegebäck, Käsetoast, Saure-Sahne-Muffins, Kaffee mit heißer Milch. Und donnerstags, wenn sie erst am Nachmittag zum College mußten, gewöhnten sie sich auch an, bei Nellie zu Mittag zu essen. Sie saßen in der Küche und verzehrten die Reste des Dinners vom Abend davor.

Es gab tausend Dinge, die ihnen entgingen. Sie gestanden sich auch nicht ein, wieviel ihnen an diesen Fahrten oder an ihrem Frühstück oder an ihrem völlig unnötigen Donnerstag-Lunch lag. Nellie sagte sich, das Ganze sei vor allem

eine Frage der Bequemlichkeit, auch wenn Freundschaft eine Rolle dabei spielte.
An einem stürmischen Herbstabend voll dunkelvioletter Wolken und durchgeschüttelter Zweige saßen Nellie und Dan länger als gewöhnlich vor Nellies Haus. Sie waren beide sehr nervös, und Nellie beunruhige ihr Widerstreben, aus dem Auto zu steigen und ins Haus zu gehen. Jedesmal, wenn sie einen Anlauf nahm, sagte Dan etwas, um sie zurückzuhalten. Schließlich sah sie, daß kein Aufschub mehr möglich war und ergriff aus einem Impuls heraus Dans Hand. Ein ähnlich unkontrolliertes Gefühl veranlaßte Dan, ihre Hand zu ergreifen und zu küssen.

Was dann geschah, war recht einfach. Nellie mußte sich mit einer Grippe ins Bett legen – kein Wunder, daß sie so nervös gewesen war. Sie ließ ihren Unterricht ausfallen und rief Dan an, um ihm Bescheid zu sagen. Er klang eher verärgert, offensichtlich liebte er es nicht, wenn seine Gewohnheiten gestört wurden.
Am Donnerstag war sie wieder völlig gesund, aber Dan war entsetzlicher Laune, als er bei ihr erschien. Er schlang sein Lunch hinunter und wollte nur so schnell wie möglich losfahren. Auf der Autobahn beruhigte er sich dann wieder. Sie entdeckten, daß sowohl Miranda wie auch Joseph auf Geschäftsreise waren und daß Jane über Nacht mit ihrer Schulklasse unterwegs war. Sie beschlossen, in dem Gasthof, an dem sie immer vorbeifuhren, einzukehren und das Essen zu probieren.
An diesem Tag fühlte sich Nellie leicht und zuversichtlich und voller Energie. Die beiden Seminarstunden, die sie gab, waren die besten, die sie je gegeben hatte; sie war jedoch völlig kopflos. Sie, die nie etwas verlor, ließ ihre Handtasche in ihrem Büro liegen und ihre Notizen im Gemein-

schaftsraum. Obwohl sie sich gewöhnlich auf dem Parkplatz trafen, hatten sie sich heute vor der Naturwissenschaftlichen Fakultät verabredet; beide vergaßen jedoch immer wieder ihre Abmachung, und die Telefonanrufe gingen hin und her.

Schließlich fuhren sie in der Dämmerung zu dem Gasthof. Die Fenster waren Bullaugen, und auf der Anrichte standen Blumen. Nellie und Dan saßen beim Kamin. Keiner von beiden hatte großen Appetit. Sie redeten ununterbrochen und leerten zusammen eine Flasche Wein.

Draußen war es hell und klar. Der Himmel war voller Sterne, und die frostige, frische Luft roch nach Äpfeln und Holzfeuern. Dan ließ den Motor an. Dann stellte er ihn wieder ab. Die Hände auf dem Steuer sagte er: «Ich glaube, ich habe mich in dich verliebt, und wenn ich mich nicht täusche, hast du dich auch in mich verliebt.»

Der Wahrheit haftet etwas an – oder macht sie vielmehr aus –, was einfach nicht von der Hand zu weisen ist. Selbst die schlimmste Wahrheit erfüllt das Bewußtsein mit ihrem Licht. Was Dan gesagt hatte, war einfach wahr, und es erfüllte Nellie mit wilder, unbändiger Freude.

Es erklärte alles: ihre Ausgelassenheit, ihr Widerstreben, sich zu trennen, diese unnötigen Mittagessen und das sorgfältig zubereitete Frühstück.

«Mein Gott», sagte sie. «Das habe ich nicht gewollt.» Sie erkannte auch sofort, wie bedacht sie darauf gewesen war, Joseph und Jane bei ihren Gesprächen zu erwähnen, «wir» statt «ich» zu sagen, nie zu flirten oder zu provozieren. Wie war es nur möglich, daß sie nicht erkannt hatte, was sich da anbahnte? Häufig verliebt man sich ohne alle Verspieltheit. Häufig geschieht es ganz ernst, und wenn sich Verheiratete verlieben, dann ist die Erwähnung der Familie weniger ein Banner, das man schwenkt, als eine kugelsichere Weste.

Sie saßen in der dunklen Kälte. Ein Blick durch das Fenster hätte jeden zu der Überzeugung gebracht, daß sie sich über eine tödliche Krankheit unterhielten. Nellie starrte auf den Boden. Dan fixierte das Armaturenbrett. Keiner sagte ein Wort. Sie hatten Angst, einander anzublicken – Angst vor dem, was das Gesicht des anderen enthüllen würde. Aber gegen diese Dinge kann man nicht ankämpfen, und sie fielen einander wie von selbst in die Arme.

Sie nahmen den längeren Weg nach Hause durch die kleinen Städte und Dörfer. Nellie saß dicht neben Dan, der wie ein Halbwüchsiger einen Arm um sie gelegt hatte und mit der anderen Hand fuhr. Bei jedem Stoppschild und jedem Rotlicht küßten sie sich. Sie waren beide berauscht und übermütig. Sie redeten und redeten – wie alle Liebespärchen, die etwas taugen, sprachen sie über ihre Liebe. Sie hatten voneinander geträumt, nachts wie auch tagsüber. Sie erzählten die Geschichte ihrer Gefühle: wie Dan eines Nachmittags mit dem Auto beinahe im Straßengraben gelandet wäre, weil er immer nur Nellie angestarrt hatte; wie der Anblick Dans, dem das Hemd aus der Hose hing, Nellie beinahe zu Tränen gerührt hatte, eine Reaktion, die sie nicht verstand, und dergleichen mehr.

Obwohl ihnen die Abwesenheit ihrer Familien die Freiheit gab, zu tun und zu lassen, was sie wollten, standen sie doch nur in Nellies Küche herum und redeten. Sie setzten sich nie. Wenn sie nicht redeten, lagen sie sich in den Armen und küßten sich wie zwei Verdurstende. Zweimal brach Nellie in Tränen aus – aus Verwirrung, Verlangen und dem unerträglichen Glücksgefühl heraus, das Liebe und das Wissen, geliebt zu werden, mit sich bringen. Nellie kannte ihre Gefühle. Daß sie, eine verheiratete Frau, sie hatte, war zwar schrecklich, aber die Gefühle selbst ließen sich einfach nicht leugnen, und sie besaß nicht die Kraft, sie zu unterdrücken.

Sie standen sich in der Küche gegenüber, Nellie auf der einen, Dan auf der anderen Seite – Nellies Regieanweisung –, und diskutierten darüber, ob sie miteinander schlafen sollten. Sie waren beide krank vor Verlangen, aber das, was sie fühlten, war so mächtig und erschien ihnen so explosiv, daß sie der Gedanke, ihm körperlich Ausdruck zu verleihen, zu Tode erschreckte.

Mitten in der Nacht schickte Nellie Dan nach Hause. In zwei getrennten Betten, an zwei getrennten Orten, in Nellies Haus und Dans Wohnung, durch mehrere Straßen und Boulevards getrennt, wälzten sich die beiden Liebenden von einer Seite auf die andere, litten und versuchten verzweifelt, in den wenigen Stunden, die ihnen von der Nacht noch blieben, Schlaf zu finden.

Am nächsten Morgen erwachte Nellie erschöpft und voller Verlangen in ihrem leeren Haus. Als sie sich kaltes Wasser über das Gesicht laufen ließ, um vollends aufzuwachen, bemerkte sie, daß sie gleichzeitig lachte und weinte. Sie fühlte sich von Emotionen überflutet, und eine davon war Dankbarkeit. Sie hatte den Eindruck, ihr Leben sei ihr zurückgegeben worden, aber von wem? Und von wo?

Allein in ihrer Küche, setzte sie Teewasser auf und dachte an Dan. Einen Augenblick lang schien er sich aufzulösen, und sie konnte sich an nichts mehr erinnern, was zwischen ihnen vorgefallen war. Sie trank ihren Tee und beobachtete, wie eine Fliege, die sich in den Spätherbst hinübergerettet hatte, in der Küche herumflog. Als sie sich auf dem Tisch niederließ, betrachtete Nellie sie genauer. Das erstaunliche Naturphänomen, das dieses winzige Tier darstellte, die Tatsache, daß es fliegen konnte, die Komplexität und Originalität der Dinge, die Vielfalt der Welt, die überwältigende Schönheit des Lebens – all das berührte Nellie zutiefst. Sie war erfüllt davon, schwebte in höheren Regionen. Liebe, selbst wenn sie zum Scheitern verurteilt war, ließ einen die Dinge völlig neu wahrnehmen: Sie gab einem das Leben tatsächlich wieder.

Aber ab einem gewissen Alter gibt es keine ungetrübte Freude mehr. Sie wußte, wenn es ihr nicht gelänge, ihre Gefühle für Dan zu unterdrücken, würde das Glück, das sie in seiner Gegenwart empfand, immer mit Trauer vermischt sein. Sie hatte sich noch nie in jemanden verliebt, der nicht frei war, und sie selbst war auch immer frei gewesen.

Sie fühlte, daß ihr Herz nicht normal schlug. Sie hielt es für ausgeschlossen, auch nur einen normalen Atemzug zu tun, bevor sie nicht etwas von Dan gehört hatte. Als dann das Telefon klingelte, wußte sie, daß er es war.

«Kann ich zum Frühstück kommen?» fragte er. «Oder hältst du das für völlig falsch?»

Nellie sagte: «Es ist bestimmt völlig falsch, aber komm trotzdem.»

Das war ihr erstes heimliches Rendezvous. Freitag war ihr freier Tag: Sie trafen sich einfach, weil sie sich treffen wollten. Wenn Joseph sie fragen würde, was sie getrieben hätte, würde sie nicht mehr beiläufig antworten können: «Dan Hamilton ist vorbeigekommen.» Und mochte es auch so unschuldig klingen wie Milch, sie waren nicht mehr unschuldig.

Die Sonnenstrahlen, die durch das Küchenfenster fielen, hatten plötzlich etwas Bedrohliches. Die sicheren, glatten Oberflächen erschienen plötzlich schwankend und alles andere als fest. Ihr Leben, das Leben einer glücklichen, treuen Ehefrau hatte sich von einer Sekunde auf die andere aufgelöst, und selbst wenn sie Dan Hamilton nie wiedersehen würde, war es doch klar, daß ihr etwas Unabänderliches zugestoßen war. Sie würde nie wieder sagen können, sie wäre nie in Versuchung geraten. Sie fühlte sich plötzlich allein, ohne Mann, ohne Kind, nur sie selbst. Bestimmt würde bei Dans Anblick alles wieder in Ordnung kommen und wieder so sein, wie es noch vor einem Tag gewesen war. Sie würde in Dan ihren Kollegen, ihren Freund sehen und feststellen, daß eine Liebeserklärung nicht alles durcheinanderzubringen brauchte.

Aber sobald sie ihn vom Fenster aus sah, erkannte sie, daß eine Liebeserklärung doch alles durcheinanderbringt und daß Dan nicht mehr nur ein guter Bekannter und ein Kollege war. Sie konnten nicht voneinander lassen.

«Seit meiner Teenagerzeit habe ich mich nicht mehr so gefühlt», sagte Dan. Nellie sagte nichts. Sie hatte sich des öfteren so gefühlt.

«Ein himmlisches Gefühl», sagte Dan.

«Es wird die Hölle werden», meinte Nellie.

«Wirklich?» fragte Dan. «Schwer zu glauben.»

«Ich habe schon ein paarmal dieses Gefühl gehabt», sagte Nellie, «damals, als ich noch in meinem kindlichen Universum lebte, als alle noch frei und ledig waren und einer Liebesaffäre nichts im Wege stand. Man konnte jede Minute mit seinem Freund verbringen. Und man konnte sich den Luxus erlauben, einmal genug von ihm zu bekommen. Man hatte unbegrenzt Zeit. Wir befinden uns in der Welt der Erwachsenen, zu der heimliche, ehebrecherische Liebschaften gehören. Keine Zeit, kein Luxus. Ich habe noch nie jemanden heimlich getroffen.»

«Wir brauchen uns nicht heimlich zu treffen», sagte Dan. «Wir sind Pendler.»

«Ich glaube, du bist dir nicht im klaren, wie schnell man solche Dinge aus dem Griff verliert», sagte Nellie.

«Das würde ich gerne herausfinden», sagte Dan und lächelte. «Können wir unsere Gefühle nicht einfach ein paar

Minuten genießen, bevor die ganze Misere der Heimlichkeit über uns hereinbricht?»
«Ich gebe uns eine Stunde», sagte Nellie.
«Okay, ist in Ordnung, lesen wir die Zeitung. Gehen wir ins Wohnzimmer und machen es uns auf der Couch bequem, wie das Junggesellen tun. Du bekommst sie doch bestimmt zugestellt?»
«Wir bekommen sie zugestellt», sagte Nellie.
«Wir auch», sagte Dan.
Miranda wurde am nächsten Tag und Joseph am frühen Abend zurückerwartet. Dan und Nellie streckten sich auf dem von der Sonne beschienenen Sofa aus und versuchten, sich in ihre Zeitung zu vertiefen. Die körperliche Nähe des andern ließ ihre Herzen flattern. Ehebrecherische Paare ohne die kleinen Vorhaben, Ziele und Pläne, die eine Ehe so leicht machen, sind einander entsetzlich ausgeliefert. Sie haben nichts zu tun als zu *sein* – die Bedauernswerten.
«Da sind wir also», sagte Nellie. «Vertreter zweier Familien, die beide die *Times* zugestellt bekommen, und lungern wie Teenager auf dem Sofa herum.»
Sie küßten sich nicht. Sie hielten sich nicht einmal die Hände. Auf dem Sofa war genügend Platz für beide, sogar ein winziger Abstand ließ sich halten. Alles schien sehr klar und ernst zu sein. Es war ihre letzte Chance zu leugnen, daß sie etwas anderes waren als gute Freunde. Zwei Entwicklungen waren denkbar: Sie würden ein Liebespaar werden, oder sie würden keines werden. Nellie erschien dies als ein entscheidender Augenblick in ihrem Leben. Sie war kein junges Mädchen mehr mit unerschütterlichen Überzeugungen und Idealen, sondern eine Frau aus Fleisch und Blut, im Netz des Lebens gefangen. Beide, Nellie und Dan, schwiegen. Sie wußte, wenn sie sich einmal in den Armen liegen würden, wäre es um sie geschehen, da aber eine Liebe au-

ßerhalb der Ehe eine Grenzüberschreitung bedeutet, die jede andere Geste in den Schatten stellt, entschlossen sie sich, erst als sie es einfach nicht länger ertragen konnten, in Nellies Gästezimmer hinaufzugehen, und dort wurden sie dann Liebende im eigentlichen Sinn des Wortes.

Von all den schrecklichen Dingen im Leben ist es für einen aufrechten, anständigen Menschen das schrecklichste, mit zwei Seelen in seiner Brust leben zu müssen. Manchmal konnte Nellie kaum glauben, daß sie noch dieser Mensch war, den sie kannte. Ihre Liebe zu Dan schien ihr über jeden Zweifel erhaben zu sein, die Begleitumstände waren es jedoch keinesfalls. Keinen einzigen Augenblick lang hatte sie das Gefühl, das, was sie tat, sei richtig oder gerechtfertigt: Sie hatte einfach nur ihre Gefühle und erkannte, daß es echte und wahre Gefühle gibt, die einem das Leben zur Hölle machen, die das Leben völlig durcheinanderbringen, die große seelische und moralische Nöte verursachen, und daß sie nichts dagegen unternehmen konnte. Ihre Liebe zu Dan eröffnete ihr die Welt auf eine schreckliche ernste Weise und ließ sie alles in Frage stellen: ihre Ehe, ihre moralischen Überzeugungen, ihre Weltanschauung, sich selbst; und sie fand, daß sie allen Grund dazu hätte.

Dan sagte: «Kannst du nicht für fünf Minuten damit aufhören? Kannst du nicht einfach etwas leben?»

Nellie sagte: «Möchtest du dein Leben heraushalten? Glaubst du, wir haben uns einfach so verliebt, aus keinem bestimmten Grund? Möchtest du nicht wissen, was das alles zu bedeuten hat?»

«Ich kann diese Dinge nicht so betrachten», sagte Dan. «Ich möchte sie genießen.»

Nellie sagte: «Ich muß alles wissen. Alles andere halte ich für unmoralisch.»

Das war der Moment, in dem Dan sagte: «Du springst hart mit mir um.»

In jeder Stadt wimmelt es von Ehebrechern. Sie verstecken sich in den hintersten Ecken der Restaurants. Sie wissen genau, wo sich die nächste Telefonzelle befindet. Sie gehen zu Orten, die ihre Freunde nie aufsuchen. Gelegentlich werden sie etwas kühner und werden von einem verständnisvollen Bekannten gesehen, der seine eigenen Probleme hat und kein Wort darüber verlauten läßt.

Es gibt die Schürzenjäger, die Abenteurer und diejenigen, die sich an ihrem Ehepartner rächen wollen. Es gibt diejenigen, die nicht wissen, was sie tun oder warum sie es tun, und die glauben, die Ereignisse hätten sie einfach überrollt. Und dann gibt es auch noch jene, die von der Liebe überrascht werden, nicht angenehm überrascht, eher wie von einer Naturkatastrophe, einem Feuer oder einer Sturmflut. Weder Nellie noch Dan hatten jemals daran gedacht, daß sie sich verlieben würden. Sie waren Naive.

Es gab Dinge, auf die sie nicht vorbereitet waren. Nellie fühlte sich miserabel, als sie Dan zum erstenmal von einer Telefonzelle aus anrief – Joseph war wegen einer Erkältung zu Hause geblieben, und Nellie wollte mit Dan sprechen, bevor er anrief. Dieser Anruf ließ sie an all die schäbigen und miesen Dinge denken, die eine verbotene Liebe mit sich bringt.

Der Anblick Nellies, die mit ihrer Tochter die Straße entlangging, brachte Dan aus der Fassung. Er sah sie von weitem und war froh, so weit weg zu sein, daß sie ihn nicht sehen konnten. Dieses kleine Ebenbild Nellies verwirrte ihn. Es wurde ihm bewußt, daß er Jane noch nie gesehen hatte: So fern waren er und Nellie von dem, was das Leben des anderen ausmachte. Er war eifersüchtig auf Jane, ent-

deckte er. Eifersüchtig auf eine kleine Tochter, weil eine solch ausschließliche Intimität zwischen beiden bestand.
Als Nellie an einem Sonntagnachmittag Dan mit seinem zweitältesten Sohn in einer Weinhandlung begegnete, empfand sie genauso. Beide, sie und Dan, kauften Wein für ihre Abendgesellschaften ein. Beide wußten genau, was der andere seinen Gästen vorsetzte und wer diese Gäste waren. Es ließ Nellie an all die Dinge denken, die sie nicht kannten und nie kennenlernen würden: den aus Anspielungen, Scherzen, Ereignissen, Schicksalsschlägen bestehenden Familien-Firnis – eine Familie wie ein aus vielen Stoffschichten gesteppter Topflappen, all die Lagen übereinander, aus denen das tägliche Leben besteht. Das Gebäude, das sich Liebende bauen, ist relativ zerbrechlich und eindimensional. Das Kind des anderen ist der lebende Beweis, daß er eine lange, verwickelte Lebensgeschichte besitzt, die nichts mit einem selbst zu tun hat.
Sie ertrugen alles. Waren sie zusammen, plagten sie ihre Schuldgefühle, waren sie getrennt, verzehrten sie sich nach dem anderen. Die Freuden, die Liebende erfahren, sind von extremer Art, und sie bezahlen sie mit dem Verzicht auf alle Annehmlichkeiten. Die Augenblicke wunschlosen Glücks sind äußerst rar und treten zumeist erst dann ein, wenn der eine oder der andere zu erschöpft ist, um sich noch Gedanken zu machen. Eines Morgens schlief Nellie im Auto ein. Sie wachte, von der schwachen Wintersonne angenehm erwärmt, wieder auf. Einen Augenblick lang war sie einfach nur glücklich – glücklich, sie selbst zu sein, mit Dan zusammenzusein, am Leben zu sein. Es war ein sehr kurzer Augenblick, rein und süß wie Sahne. Kaum war sie wach, schwand er dahin. Überhaupt nichts war einfach. Ihr Herz war schwer wie ein Stein. Nichts war klar oder vernünftig oder unproblematisch. Für nichts gab es eine einfache Erklärung.

Da ich Nellie auffällig selten sah, dachte ich mir schon, daß etwas nicht stimmte: Sie gehörte zu der Sorte von Menschen, die sich zurückziehen, wenn sie Schwierigkeiten haben. Ich wußte, daß sie mich besuchen würde, wenn sie das Bedürfnis hatte, mit mir zu reden, und schließlich tat sie das dann auch.

Es gehört zum Wesen eines Geheimnisses, daß man teilen muß. Ohne Geständnis ist es unvollständig. Als sie ihre Empfindungen nicht mehr ertrug, erwählte Nellie mich zur Vertrauten. Daß die Wahl auf mich fiel, war das Nächstliegende: Ich gehörte zur Familie, ich kannte Nellie schon ihr ganzes Leben, und ich kannte auch Dan schon sehr lange.

Sie erschien an einem Freitagmorgen, während draußen ein Schneesturm tobte. Ich erwartete sie sowieso – am Nachmittag hatten wir gemeinsam Jane abholen und dann zusammen auswärts essen wollen – mein Mann und ich, Nellie, Joseph und Jane.

Sie kam rosig und frisch zur Tür herein, mit Diamanten aus Schneeflocken in ihrem Haar. Sie trug einen grauen Rock und einen Pullover, der je nach Beleuchtung violett war oder von der Farbe eines Taubenflügels. Sie schüttelte ihr Haar aus, und als wir dann schließlich vor unseren Teetassen im Wohnzimmer saßen, sah ich, daß sie sehr aufgeregt war.

«Du wirkst, als wärst du ziemlich durcheinander», sagte ich.

«Ich bin durcheinander», sagte Nellie. «Ich muß mit dir reden.» Sie starrte auf ihre Teetasse und versuchte offensichtlich, sich zu beherrschen und nicht in Tränen auszubrechen.

Schließlich sagte sie: «Ich habe mich in Dan Hamilton verliebt.»

Ich fragte: «Und hat er sich auch in dich verliebt?»
«Ja», sagte Nellie.
Ich war überhaupt nicht überrascht, und die Tatsache, daß ich nicht überrascht war, brachte sie noch mehr aus der Fassung. Sie begann zu weinen, was sie nur noch hübscher machte. Sie gehörte zu den Glücklichen, denen Tränen stehen.
«Ich bin so verzweifelt», sagte sie. «Es ist mir schon beinahe peinlich, so verzweifelt zu sein.»
«Du bist nicht gegen Verzweiflung gefeit», sagte ich, «und auch nicht gegen Liebe.»
«Ich wollte dagegen gefeit sein», erwiderte sie heftig. «Ich dachte, wenn ich meinen Willen einsetzen würde und mit mir streng wäre, würde ich diese Fehler nicht machen.»
«Sich zu verlieben ist kein Fehler.»
Daraufhin schüttete sie ihr Herz aus. Sie wisse, daß es keine Zufälle gäbe. Daß sie sich verliebt habe, müsse etwas bedeuten. Was sagte es über sie und Joseph aus? All die vertrauten emotionalen Stützen ihrer Kindheit – Wille, Entschlossenheit, der Glaube an den richtigen Weg – seien ihr abhanden gekommen. Sie begreife nicht, warum sie von der Liebe überrascht worden sei, wenn sie nicht insgeheim – als Geheimnis vor ihr selbst, wolle sie sagen – auf der Suche danach gewesen war. Und so weiter und so weiter. Daß sie einfach eine Frau war, die die Liebe anzog – manche Leute tun das, ohne besonders liebenswert oder schön zu sein –, genügte ihr nicht als Erklärung. Daß etwas einfach geschehen war, fand sie eine unerträgliche Vorstellung. Sie glaubte nicht, daß Dinge einfach so geschehen.
Sie redete, bis sie heiser wurde. Sie hatte sich nichts erspart. Schließlich sagte sie: «Ich wollte so sein wie du, beständig und treu. Ich dachte, meine romantische Phase sei vorbei. Ich dachte, ich wäre erwachsen. Ich wollte für mich und

Joseph das, was ihr habt, du und Edward – eine gute und unkomplizierte Ehe.»

Es fällt nie leicht, das erfreuliche, schmeichelhafte Bild, das die anderen von unserem Leben haben, aufzugeben. Wäre Nellies Verzweiflung nicht so tief gewesen, hätte ich mich wohl nicht gedrängt gefühlt, selbst ein Geständnis abzulegen. Aber ich fühlte mich in Gegenwart meiner rigorosen Cousine auch etwas tapferer: Im Grunde freute ich mich, daß sie litt. Ich wußte, für sie bestand die Welt aus glücklichen Trotteln wie mir und gepeinigten Moralisten wie ihr selbst. Eine leidenschaftliche Liebe, dachte ich, würde ein paar dieser scharfen Kanten abtragen.

Als erstes sagte ich ihr, daß diese Rigorosität, mit der sie ihr sogenanntes moralisches Weltgefüge betrachte, niemandem sehr viel Spielraum lasse, daß ich ihr aber trotzdem etwas sagen wolle, was ihr Leiden auf ein richtiges Maß bringen würde.

«Ich habe mich während meiner Ehe einige Male verliebt», sagte ich. «Und ich hatte mehrere Liebesaffären.»

Ihr Gesicht nahm, wie ich befriedigt feststellte, den Ausdruck der Erleichterung an.

«Aber ich dachte, du und Edward wärt so glücklich», sagte sie.

«Das sind wir auch. Aber ich bin nur ein Mensch, und ich strebe nicht nach Vollkommenheit. Die Liebe schenkt mir Heiterkeit. Es gab Phasen in meinem Leben, in denen ich einfach die Liebe eines anderen Menschen brauchte, und ich hatte immer das Glück, jemanden zu finden, der mich liebte. Und schau mich an! Ich bin nicht schön, und ich bin auch nicht besonders liebenswert, aber ich liebe die Liebe, und deswegen kommt sie auch zu mir. Es gab immer wieder Zeiten, in denen Edward einfach für mich da war – das passiert in jeder Ehe. Es heißt, zu einer glücklichen Ehe braucht es zwei und manchmal auch drei, und es stimmt. Aber bei dir sieht die Sache anders aus, denn für mich waren die Kriterien, nach denen ich meine Komplizen auswählte, äußerste Diskretion und ihr sicherer Instinkt, daß nichts außer Kontrolle geraten würde. Ich merke aber, daß eine Affäre, die deine Ehe nicht in Frage stellt, für dich indiskutabel ist, aber da hast du es nun.»

Nellie versank daraufhin in längeres Schweigen. Sie sah erschöpft und verheult aus.

«Diese Geschichte hat etwas Gutes», sagte sie, «sie hat mich von meinem hohen Roß heruntergeholt. Ich rechne es dir sehr hoch an, daß du mir das alles erzählt hast.»

«Wir machen uns alle unsere Gedanken, jeder auf seine Art», sagte ich. «Du solltest dich jetzt ein bißchen hinlegen. Du siehst arg mitgenommen aus. Ich rufe Eddie an und sage ihm, er soll sich mit Joseph treffen, und wenn du aufwachst, könnten wir uns überlegen, wohin wir mit Jane zum Abendessen gehen wollen.»

Ich gab ihr zwei bestickte Kissen für ihren Kopf, deckte sie mit einer Steppdecke zu und rief dann meinen Mann an. Als ich wieder zurückkam, setzte ich mich in einen Sessel und betrachtete meine schlafende Cousine. Das gelbliche, schneegefilterte Licht umspielte ihre Stirn und ihre Backenknochen.

Sie lag auf der Seite, die Hand halb geschlossen und etwas abgewinkelt. Ihr Haar war im Nacken zusammengenommen, aber ein paar Strähnen hatten sich gelöst. Sie sah aus wie die tödlich verwundete Nymphe Prokris in Piero di Cosimos Gemälde *Ein Mythologisches Thema*; es stellt die arme Prokris dar, die aus Versehen von ihrem Mann getötet worden ist. Kephalos ist ein Jäger, dessen Speer nie sein Ziel verfehlt. Eines Tages hörte er im Wald ein Geräusch, und da er glaubt, es sei ein wildes Tier, wirft er seinen Speer. Es ist jedoch kein wildes Tier. Es ist Prokris. Auf dem Bild dringt ein dünner Blutstrahl aus ihrer Kehle. Zu ihren Füßen liegt ihr trauernder Hund, Lelaps, und zu ihren Häupten sitzt ein Satyr mit dem Ausdruck eines Knaben, dem das Herz bricht. Das Bild ist erfüllt von dem Leid und der Einsamkeit, die romantische Menschen in der Liebe erdulden.

Das Schöne an der Ehe ist, daß das Leben so dahinzieht – als wäre es ein verschlungener, von widerstandsfähigen Platanen gesäumter Pfad. Eine leidenschaftliche Liebe ist wie ein abgeschossener Pfeil. Er verleiht dem Leben Intensität und Richtung, wenn auch nur für einen Augenblick. Für Nellie und Dan würden die Gesetze einer leidenschaftlichen Liebe gelten; sie würden entweder zusammen fortgehen, oder sie würden sich trennen, oder es würde ihnen gelingen, sich aus ihrer Liebe eine Freundschaft zu bergen. Man braucht nur lange genug zu leben und ein sanfter und freundlicher Mensch zu sein, dann erzählen einem die Menschen alles. Beinahe jeder, den ich kenne, hat mir irgendeine Affäre gestanden.

Über meine Amouren habe ich jedoch mit niemandem geredet. Würde Nellie meine Affären für belanglos halten? Gewiß, ich hatte mich nie in ein solches Dilemma wegen eines Mannes geraten lassen, ich war aber auch immer darauf bedacht gewesen, nur Männer auszusuchen, deren Ehen krisenfest waren und die Spaß verstanden. All diese Beziehungen hatten sich aus den unvermeidlichen Tiefpunkten ergeben, die es in jeder Ehe gibt, und jeder Abschied war, wenn der richtige Zeitpunkt kam, verhältnismäßig schmerzlos. Die Wahrheit ist, daß ich etwas anderes in der Liebe suchte als Nellie. Für sie zählten nur Extreme. Ich erinnerte mich, wie sie vor fünfzehn Jahren, als Zweiundzwanzigjährige, all die netten, passenden jungen Männer abwies, die sie zum

Essen ausführen wollten, für die sie sich jedoch nicht interessierte. Sie lehnte diese Art von Gesellschaftsspiel völlig ab. Wenn mein Mann und ich sie schalten, antwortete sie sehr heftig: «Ich möchte keine Gesellschaft. Ich möchte Liebe oder gar nichts.»

Nun, sie hatte bekommen, was sie wollte. Hier lag sie, am Boden zerstört; sie schlief fest und sah wild und friedlich und gequält zugleich aus. Kein Hund, der sie bewachte, kein Satyr, der sie beweinte, kein Bett aus wilden Blumen unter ihr, wie es die Nymphe auf dem Bild besitzt.

Wie angenehm es doch ist, an einem eiskalten Wintertag in einem warmen, behaglichen Raum zu sitzen und jemanden zu betrachten, dessen Leben einen schon immer bewegte. Prokris auf dem Bild ist halbnackt, doch Nellie sah genauso verletzlich aus.

Es würde außerordentlich interessant sein zu sehen, was aus ihr werden würde – doch schließlich war es schon immer ein Vergnügen gewesen, sie zu beobachten.

Der heilige Antonius in der Wüste

Zufall als Lebensbedingung ist von gewissem Nutzen, aber nur von begrenzter Dauer. Zu der Zeit, in der diese Geschichte spielt, war mein Leben ausschließlich ein Produkt des Zufalls, und ich hatte nicht den geringsten Grund entdeckt, es nicht zu genießen. Ich lebte nicht nur mit dem Zufall, ich hatte auch Glück. Zwei Zustände, die häufig zusammen auftreten wie Gold und Pyrit. Ich konnte zum Beispiel nicht mit Geld umgehen. Es fiel mir aus der Tasche, und am Ende der Woche wußte ich nicht, wo es geblieben war. Mein Scheckbuch, sagte man mir, gleiche eher einem Gedicht in freier Versform als einem Überblick über meine Ausgaben. Natürlich kam es auch häufig vor, daß meine Schecks – ohne böse Absicht meinerseits – mit dem Vermerk «ungedeckt» zurückkamen. Aber im Gegensatz zu anderen, die von ihrer Bank Briefe bekommen, die so beginnen: «Da Sie nicht in der Lage zu sein scheinen, ein Konto zu führen, möchten wir auf Sie als Kunden künftig verzichten», wurde ich von einem vielbeschäftigten Bankangestellten namens Dan Pirotta angerufen, der meinte: «Miss Greenway, wenn Sie einmal nachmittags hier vorbeikommen möchten, wäre es mir ein Vergnügen, Ihnen zu zeigen, wie man ein Scheckbuch führt.»
Außerdem hatte ich die Angewohnheit, ständig meine

Brieftasche zu verlieren. Ich vergaß sie auf Ladentischen und in Taxis, bekam sie aber immer wieder, und häufig fehlte kein Pfennig. Meine Ausbildung war genauso chaotisch wie meine Finanzen. So wie ich das Studium betrieben hatte, konnte ich überhaupt nichts damit anfangen. Ich war eine sorglose Studentin gewesen, und das Interesse, das ich für eine Sache aufbrachte, hielt zwar nicht lange an, war aber dafür sehr intensiv; ich wartete einfach darauf, daß sich mir ein Thema unausweichlich aufdrängte. Da dies keines tat, driftete ich von einem Seminar zum anderen, und das Ergebnis war, daß ich für keinen Job in Frage kam. Niemand schien für jemanden Verwendung zu haben, der nichts zu bieten hatte außer seiner Liebe zu amerikanischer Lyrik, lückenhaften astronomischen Kenntnissen und einem brennenden Interesse für die Prinzipien der Kulturanthropologie, ein Interesse, das keineswegs mit einem großen Wissen einherging. Die Arbeit, die ich nach dem Studium fand, war ein Verkäuferinnenjob in dem Geschenkladen eines Museums, wo ich Postkarten, Kalender und Reproduktionen verkaufte.

Nach zwei Jahren dieser Tätigkeit, nach der Lektion, die mir Mr. Pirotta von der Bank zuteil werden ließ, hatte ich genügend Geld auf die Seite gelegt, um nach Paris zu fahren. Diese Summe anzusparen war das ernsthafteste Unternehmen, auf das ich mich bis zu diesem Punkt in meinem Leben eingelassen hatte.

Sobald ich dort war, legte ich mein Schicksal völlig in die Hände meines Vetters Charles, eines sehr viel älteren Verwandten, der als Architekt für die UNESCO arbeitete. Ich hatte mich aus keinem besonderen Grund für Paris entschieden, allenfalls weil zu meinen wenigen Fertigkeiten diejenige zählte, mit meinem unvollkommenen Französisch anzugeben. Charles war früher einmal mein Babysitter gewesen. Ich hatte ihn seit vielen Jahren nicht gesehen, aber er nahm mich nur kurz in Augenschein und entschied, daß ich in die Kategorie von Amerikanerinnen fiel, die in Paris das Abenteuer suchen. Da offensichtlich etwas mit mir geschehen mußte, schickte mich Charles auf eine Tour durch alle Kirchen und Kathedralen. Vielleicht dachte er, ich würde etwas Vernunft annehmen, wenn ich mich in diesen Bauten aufhielt. Ich mußte mich jeden Nachmittag bei ihm melden, damit er sicher sein konnte, daß ich mich nicht verirrt oder auf sonstige Eskapaden eingelassen hatte. Zu seinem Erstaunen und seiner Erleichterung war ich hingerissen. Hier, fühlte ich, war ein Thema, mit dem ich mich mein ganzes Leben lang beschäftigen konnte. Ich kaufte ein Notizheft und machte mir genaue Aufzeichnungen über das, was ich sah.

Als Belohnung dafür, daß ich keineswegs so hoffnungslos war, wie es geschienen hatte, durfte ich Charles zu der Benediktinerabtei von Saint Wandrille de Fontenelle begleiten. Im Gegensatz zu den Klosterruinen, die wir unterwegs besichtigt hatten, lebten in dieser Abtei noch richtige Mönche. Von dem der Öffentlichkeit zugänglichen Teil der Kapelle konnte ich ihren Vespergesang hören. Die Tatsache, daß richtige Menschen in diesem Gebäude lebten, erfüllte mich mit Fragen. Was für ein Leben führten sie? Wer hatte diese Abtei erbaut? Und gab es irgendwelche Prinzipien, nach denen Sakralbauten errichtet waren?
Auf der Rückfahrt nach Paris bombardierte ich Charles mit Fragen. Welcher Unterschied bestand zwischen einer Kirche und einer Kathedrale? Zwischen einer Abtei und einer Priorei? Charles fragte mich nach meinen eigenen Eindrükken und hörte mir geduldig zu, während ich unzusammenhängend daherredete. Ab und zu durchzuckte mich der Ge-

danke, daß ich wohl ziemlichen Blödsinn redete, und ich verstummte.

«Red weiter», sagte Charles. «Das ist sehr interessant.»

Dann enthüllte ich ihm, daß ich ein ganzes Notizbuch mit Aufzeichnungen gefüllt hatte. Mein Vetter sagte: «Du scheinst ein echtes Gespür für Form und für Raum zu haben. Warum fängst du nichts damit an? Du sagst, dein Leben hat keine Richtung. Warum studierst du nicht Architektur?»

Ich erklärte ihm, daß ich keine Ahnung von Mathematik hätte, kaum stillsitzen könne, daß ich Universitäten satt hätte und daß ich nicht Architektin werden wolle. Baute er denn Kathedralen, Abteien, Prioreien? Außerdem sei ich mir keineswegs sicher, daß ich ein echtes Gespür für Form und Raum hätte. Ich sei mir nicht einmal sicher, wie groß mein Interesse überhaupt wäre. Ich hielte mich einfach gern in diesen Bauten auf, liebe dieses Gefühl von Ehrfurcht und Kälte, diese Pracht und diesen Tribut an etwas Höheres. Der Gesang dieser Mönche hatte mich aufgewühlt. Denn ich war überhitzt, hatte nichts, was ich verehren konnte, und hatte mir noch nie etwas versagt. Nichts in meinem Leben zählte, und ich war so lächerlich, daß ich mein eigenes Spiegelbild nicht ernst nehmen konnte.

Charles konnte ein Interesse, das sich nicht in Taten umsetzt, nicht verstehen: Er gab mir jedoch die Adresse eines Freundes, der eine Buchhandlung besaß. Er hieß Pete Ethridge und seine Buchhandlung *Die Bücherquelle für Architekten und Reisende.* Ich sollte ihn aufsuchen und um Rat fragen – welche Bücher ich lesen, welche Vorträge ich hören und welche Exkursionen ich unternehmen sollte, wenn ich das Geld dazu hatte. So wies mir Charles meinen Weg – benimmt man sich nämlich so, als hätte man nicht mehr Gewicht als ein Blatt Papier, dann treibt einen das Leben schon

von selbst dorthin, wo die Neigungen liegen, ohne daß man herauszufinden braucht, wohin man eigentlich neigt.
Als ich wieder in New York war, suchte ich Pete Ethridge auf, und er stellte mich ein. Sein Mitarbeiter war einen Tag zuvor ausgeschieden, und obwohl ich außer dem Namen meines Vetters kaum über Empfehlendes verfügte, so wußte ich doch, wie man eine Kasse bedient, und Pete brauchte sofort jemanden. Pete war ausgebildeter Zeichner, und Reisen war seine große Leidenschaft. Er handelte mit neuen und alten Büchern und mit antiquarischen Kostbarkeiten – mit allem, was ein Architekt oder Reisender benötigte. Auf einem langen Regal standen Petes Lieblingsbücher. Berichte über architektonische Erkundungsreisen, wie zum Beispiel *Die Alte Straße*, *Zeit zum Schweigen*, *Die Türme von Trebizond.* Nach und nach lernte ich, das Lager zu führen, die Bücher einzuordnen, zu bestellen, mit Vertretern zu verhandeln und die Buchführung zu erledigen. Kurz, ich lernte, eine Buchhandlung zu führen, und als ich allmählich tüchtiger wurde, nahm mich Pete auch mit, wenn er private Bibliotheken aufkaufte.
Unter seiner minimalen Anleitung fing ich an zu lesen. Der gemeinsame Nenner dieser Lektüre war Sakralarchitektur, und wenn man von jemandem sagen kann, er habe sich in dieses Thema lustvoll vertieft, dann von mir. Zwei Jahre lang las ich unentwegt, wenn auch ziemlich wahllos. Außer meiner Arbeit hatte ich nichts zu tun. Ich lebte in einer billigen, recht hübschen Wohnung und verkehrte mit lauten, ausgelassenen Freunden, die alle irgendwelche kleinen Jobs hatten: Schauspielerinnen, die als Kellnerinnen arbeiteten; Dichter, die bei Verlagen Korrekturen lasen, und Studenten, die sich mit ihrer Doktorarbeit herumschlugen. Ich hatte mich ein paarmal verliebt, hatte ein paar belanglose Affären gehabt, aber noch nie eine große Liebe erlebt. Gelegentlich

verliebte sich ein netter, anständiger junger Mann in mich: ein Assistenzarzt am Bellevue-Hospital, ein Rechtsanwalt, den ich bei einem Vortrag über Barockkirchen getroffen hatte; ein junger Architekt, der wochenlang in den Laden kam, angeblich, um nach einem Buch zu fragen, das er bestellt hatte. Aber ich wollte keinen von diesen netten jungen Männern. Ihr Leben erschien mir als zu klar vorausgeplant. Ich konnte mir nicht vorstellen, daß ich einmal sicher und glücklich verheiratet wäre, den Tisch mit dem Hochzeitsservice und Hochzeitsbesteck decken und meinen Schwiegereltern ein ehrgeiziges, korrektes und nicht ganz gelungenes Essen servieren würde.

Ich war zufrieden mit meinem Leben. Wenn ich abends nicht zu spät nach Hause kam, kochte ich mir seltsame Auberginengerichte. Ich arbeitete gern in dem Laden, der nach Petes Zigarren roch. Und es machte mir Spaß, all diese Bücher zu lesen. Abgesehen von meiner Arbeit hatte ich keine Verpflichtungen. Es ließ sich nie sagen, wann ich zu Hause sein würde. Wenn mir jemand vorschlug, um vier Uhr morgens nach Chinatown zu fahren, so hielt ich das für eine grandiose Idee. Mir drei Filme an einem Tag anzusehen war für mich etwas ganz Normales. Trafen sich fünf Leute in einer Wohnung, so war das eine Party. Eines Abends holten mich einmal zwei junge Männer gleichzeitig ab, aber selbst das ergab kein Problem. Wir gingen zusammen ins Kino und anschließend etwas trinken, und es stellte sich heraus, daß sie einen gemeinsamen Studienfreund hatten.

Was mich inmitten dieses glücklichen Chaos bewogen hatte, die Architektur von Klostern und Kirchen zu studieren, war mir nicht klar. Ich war nicht religiös, ich war kein Architekt und auch kein Kenner des Mittelalters. Pete, der die Bauformen in Tibet und Lappland untersucht hatte, ohne eines dieser Länder jemals gesehen zu haben, fand meine Tätigkeit durchaus vernünftig. Ich spürte, dieses Thema besaß den Reiz des Wesentlichen, Beständigen, Traditionellen – dreier Elemente, die in meinem Leben offenkundig fehlten. Die Vorstellung von etwas Bleibendem, einem geregelten Leben, einem Glauben hatte etwas Tröstliches für mich.

Ich fragte mich häufig, ob ich diese Studien nur weiterverfolgte, weil mich mein Vetter Charles sozusagen damit beauftragt hatte. Leute, die Glück im Leben haben, sind häufig abergläubisch. Zu meiner Form von Aberglauben gehörte ein Talisman. Und dieses Interesse war so ein Glücksbringer für mich.

An einem kalten, regnerischen Tag bekam ich von einem Kunden, dessen Namen ich vergessen habe, einen kostbaren Tip. Es war nicht viel los an jenem Tag, ich saß an Petes Schreibtisch, las Kardinal Gasquets Buch *English Monastic Life* und rauchte eine Zigarette. Der Kunde bemerkte mein Buch. Er verwickelte mich in ein Gespräch und fragte mich, ob ich schon irgendwelche Hagiographien gelesen hätte. Ich sagte, ich würde nur die Benediktinerregel kennen, sonst nichts. Der Kunde meinte, der heilige Antonius sei wahrscheinlich sehr interessant für mich, da er als einer der Begründer des mönchischen Lebens gilt.

Ungefähr einen Monat später fand ich in einem Antiquariat eine Monographie über diesen Heiligen. Ein deutscher Theologe hatte sie verfaßt, und sie kostete mich ganze fünfzig Cents. Ich nahm sie mit nach Hause und legte sie auf meinen Schreibtisch, zu all den anderen Büchern, die ich lesen wollte.

An einem kalten Samstagnachmittag, an dem ich mich besonders rastlos fühlte, las ich sie dann. Für den Abend war ich von Freunden meines Vetters Charles – einem Ehepaar namens Karen und Peter Bridge – zum Essen eingeladen. Die Bridges waren so etwas wie meine Gönner. Es machte ihnen Spaß, mich zu füttern, und sie hielten es für eine gute Sache, mir vorzuführen, wie häusliches Glück aussieht. Um so anständig wie möglich auszusehen, verbrachte ich vor ihren Abendgesellschaften normalerweise den ganzen Nachmittag damit, meine Garderobe auszuwählen, mir die Haare zu waschen, in der Badewanne zu liegen und meine Geschichte vorzubereiten: Ich legte mich zurück und probte meine Erklärung dafür, warum mich Pete nicht zu der Buchmesse mitgenommen hatte, warum sich mein Aufgabenkreis nicht erweitert und warum ich Pete noch nicht vorgeschlagen hatte, mich zu seinem Geschäftspartner zu machen. Die Bridges interessierten sich für solche Dinge. Da es aber noch sehr früh war und ich diesen Prozeß noch nicht in Gang zu bringen brauchte, nahm ich die Monographie zur Hand und begann zu lesen.

Die Geschichte des heiligen Antonius ist wohlbekannt, auch wenn sie mir nicht wohlbekannt war. Als junger Mann hörte dieser reiche Ägypter das Evangelium und nahm es ernst. Nachdem er für die Zukunft seiner Schwester gesorgt hatte, verschenkte er sein ganzes Geld und zog sich in eine Höhle zurück. Dort wollte er in aller Einsamkeit leben und beten. Er wurde jedoch von all den Teufeln, die wir von berühmten europäischen Gemälden her kennen, heimgesucht. Sie nahmen jede Gestalt und jede Form an. Keine Qualen oder Versuchungen, die nicht vor seinen Augen aufflammten. Im Alter von fünfunddreißig Jahren zog er dann in die Wüste, um eine andere Form von Einsiedlerleben zu beginnen. Er legte einen Garten an, der jedoch von wilden Tieren zertrampelt wurde. Das Brot, das er aß, war besonders ekelhaft. Seine Heiligkeit und Weisheit lockte viele Schüler an, die er zu einer primitiven Form von Mönchsge-

meinde zusammenschloß; er starb in hohem Alter, im Frieden mit sich und der Welt.
Es überraschte mich, wie sehr mich diese Beschreibung bewegte. Die ungestüme Natur des Heiligen oder was ich dafür hielt, beeindruckte mich besonders – daß er alles auf einmal aufgab. Der jugendliche Heilige erschien wie ein richtiger Hitzkopf, trotz der Macht des Evangeliums. Mein Bild von dem Heiligen in seiner Höhle war das eines ernsthaften jungen Mannes, der im modernen Leben eine Brille tragen und einen Rechenschieber benutzen würde. Die Vorstellung, daß ein Heer von Teufeln es auf diese Unschuld abgesehen hatte, ließ mich Partei für ihn ergreifen. Eigentlich sah ich den Heiligen überhaupt nicht als Heiligen, sondern als einen liebenswerten Menschen, dessen Leben voll selbstauferlegter Prüfungen war. Ganz besonders mochte ich die Strafpredigt, mit der er die Tiere schalt, die seinen Garten in der Wüste zertrampelten. «Warum fügt ihr mir solchen Schaden zu», wies sie der Heilige zurecht, «wo ich doch keinem von euch etwas zuleide getan habe. Zieht von dannen, und laßt euch nie wieder hier blicken.» Wie berichtet wird, wirkte diese Schelte. Für mich waren die Heiligen immer übermenschliche Gestalten gewesen, die im Namen des Glaubens heroische Taten und Wunder vollbrachten; der heilige Antonius hatte jedoch, abgesehen von der zufälligen Begründung einer klösterlichen Gemeinschaft, hier auf Erden nicht sehr viel vollbracht, außer zu *sein* und sich zu widersetzen. Die Frage der Heiligkeit ließ mich ziemlich kalt, aber zu sein und mich zu widersetzen war offensichtlich auch für mich von Wichtigkeit. Der heilige Antonius gab mir das Gefühl, daß es für jemanden wie mich vielleicht irgendwie noch Hoffnung gab.

Diese Gedanken verflüchtigten sich jedoch in dem Augenblick, als ich bei den Bridges eintrat; es war, als befände ich mich in einem anderen Land. Die Bridges verkörperten für mich die Welt der Erwachsenen. Sie besaßen gewichtige Möbel und ein Silberservice. Über die Feiertage gaben sie Parties, zu denen die Leute in Abendkleidern erschienen. Beide arbeiteten in Wall-Street-Büros, und beide kultivierten ihre Interessen. Karen gehörte einer Arbeitsgruppe an, die die Werke berühmter Philosophen las und diskutierte. Peter brachte ständig seine Hi-Fi-Anlage auf den neuesten Stand und hielt Abonnements für Konzerte und Opern. Beide interessierten sich für feines Essen, gingen zu Weinproben und gehörten einem Gourmetklub an. Das Essen, das sie servierten, war immer korrekt und sehr gut.
Ich wurde häufig als der vierte Gast zum Abendessen eingeladen, wahrscheinlich, weil ich jünger und deshalb unzuverlässiger war. Die Bridges brachten mich gern mit ihren konservativeren und steiferen Freunden zusammen, um zu sehen, was passierte. Nichts Besonderes passierte, aber die Börsenmakler nahmen erfreut die Gelegenheit wahr, einer halt- und ziellosen Buchhändlerin die reale Welt vor Augen zu führen, und ich konnte mich einem Haufen gesetzter Erwachsener überlegen fühlen, von denen jeder mehr Miete im Monat bezahlte, als ich in einem halben Jahr verdiente.

In gewöhnlichen Zeiten sind auch die Teufel gewöhnlich. Man trifft sie nicht in Höhlen, sondern auf Abendgesellschaften, und sie nehmen die Gestalt von attraktiven Sterblichen des anderen Geschlechts an. Die Bridges hatten noch einen weiteren Gast, einen äußerst attraktiven Sterblichen namens Alden Robinson eingeladen. Ich hatte seinen Namen schon gehört – er war ein alter Freund von Peter. Auf dem Bücherregal waren all seine Bücher vertreten.

Alden war Wirtschaftswissenschaftler. Seine Bücher kamen bei einem Universitätsverlag heraus. Auf ihnen stand auch sein voller Name: Alden C. W. Robinson. Er hatte gerade seine Professorenstelle in Kalifornien aufgegeben, um seine überlegene Intelligenz dem Weltwirtschaftskomitee zur Verfügung zu stellen.
Ich nahm an, Alden wäre einer von den steifen, distinguierten Typen der Bridges – Leute, die für mich kaum existierten, da ich die Welt in Erwachsene und Leute wie mich einteilte, wie Kinder das tun. Über die jungen Männer, die ich traf, stellte ich mir zum Beispiel folgende Fragen: Sahen sie so aus, als könnten sie gut tanzen? gut küssen? als wären sie amüsant? draufgängerisch?
Alden gehörte nicht zu ihnen, aber für einen Erwachsenen hatte er ein nettes Grinsen. Er hatte außerdem glänzendes, braunes Haar und blaue Augen. Er sah nicht so aus, als wäre er ein besonders guter Tänzer, und ob er amüsant war, ließ sich auch noch nicht sagen, aber das Küssen schien ihm zu liegen. Während der Cocktails unterhielt er sich mit den Bridges und starrte mich an. Ich schenkte seiner Beachtung von mir Beachtung, aber nicht ihm. Während des Essens konzentrierte er sich völlig auf mich, und ich war nicht überrascht, als er sich später erbot, mich nach Hause zu bringen. Alle Erwachsenen besaßen Autos, und Alden hatte sich beim Essen darüber ausgelassen, wie er seines von Küste zu Küste gefahren hatte. Er fuhr mich bis vor die Tür, obwohl meine Wohnung nicht auf seinem Weg lag. Ich war unschlüssig, ob ich ihn noch zu einem Drink einladen sollte. War es zu spät für einen respektablen Wirtschaftswissenschaftler? Würde er mich für zu forsch halten!? Er fragte jedoch mich.
«Bist du sehr müde?» sagte er.
«Ich bin überhaupt nicht müde», sagte ich.

«Kann ich dann noch zu einem letzten Drink hochkommen?»
Es war mir zu peinlich, ihm zu erklären, daß ich nur einen schrecklichen alten Sherry anbieten könnte, den mir vor einem Jahr jemand mitgebracht hatte, als ich ihn jedoch servierte, schien er keineswegs sein Mißfallen zu erregen. Während ich mir eine Tasse Tee machte, inspizierte Alden meine Wohnung, die die ausrangierten Möbel meiner Familie enthielt – gute, alte Möbel, die jedoch alle irgendwie beschädigt oder aus dem Leim gegangen waren und die überhaupt nicht zusammenpaßten. Der geflochtene Sitz des Schaukelstuhls wies drei Löcher auf. Der Couch fehlte ein Fuß, und sie wurde durch ein Wörterbuch gestützt. Es war klar, daß Alden nichts von alldem entging. Ich fragte mich besorgt, was er wohl von dem unordentlichen Stoß Bücher neben der Couch und der Kaffeetasse und dem Aschenbecher auf dem Tisch denken würde. Er blieb vor einem meiner wenigen Bilder stehen – einem gerahmten Grundriß des Kartäuserklosters in London. Dann setzte er sich. Keiner von uns hatte etwas zu sagen.
«Schön, einfach hier zu sitzen und dich anzuschauen», meinte er schließlich.
Ich errötete. «Ich verstehe weder etwas von Soziologie noch von Ökonomie», sagte ich, «deswegen bleibt dir nichts anderes übrig, als mich anzuschauen.»
«Ich finde es sehr interessant, dich anzuschauen», meinte Alden. «Besteht denn die Möglichkeit, daß ich bald einmal wiederkomme und dich weiter anschaue?»

Er kam natürlich wieder, und ich verliebte mich in ihn. Ich hatte das Gefühl, aus meinem alten Ich herausgezogen zu werden und eine neue Gestalt anzunehmen. Ich spürte, Alden war mein Paß für die Welt der Erwachsenen – eine Welt, in der alles geplant und berechnet wurde. Da ich mich in ihn verliebt hatte, würde sich der Wechsel schmerzlos vollziehen. Ich hätte mir keinen besseren Führer wünschen können. Alden hatte einen festen Platz in der Gesellschaft. Sein Urteil wurde geschätzt. Er schrieb für mehrere Zeitschriften. Sein Privatleben war ein Wunder an Präzision. Sein Schreibtisch war immer aufgeräumt; seine Rechnungen wurden pünktlich bezahlt; er ließ sich regelmäßig untersuchen und alle sechs Monate die Zähne reinigen. Im Herbst ließ er das Fahrgestell seines Wagens mit rostbeständiger Farbe spritzen. Für alles hatte er Akten. Aber trotz allem war er nicht langweilig. Nicht zu vergleichen mit diesen netten jungen Männern, die sich in mich verliebt hatten. Erstens war er schon einmal verheiratet gewesen und lebte inzwischen getrennt von seiner Frau; ein erfahrener Mann also. Das machte ihn weltmännisch. Schließlich war keiner meiner Bekannten jemals verheiratet gewesen, keiner, den ich kannte, hatte irgendwelche feste Bindungen. Hinzu kam seine Energie, die einfach umwerfend war. Sein geordnetes Leben schien das Ergebnis von Risikofreude und Wagemut zu sein.

Mein Auftauchen in seinem Leben sei für ihn eine richtige Befreiung gewesen, meinte er. Ich würde das wohlfunktionierende Universum, in dem er lebte, stören – behauptete er. Ich würde spielend fertig mit allen Überraschungen des Lebens (womit Alden Verkehrsstauungen, falsches Abbiegen, verschüttete Drinks, verspätete Züge und Verrückte meinte, die einen auf der Straße ansprachen). Ich hatte keine bestimmten Erwartungen und war deshalb von allem, was mir über den Weg lief, entzückt und begeistert. Alden fand, wir wären die idealen Reisegefährten. Er würde die Route festlegen, und ich würde dafür sorgen, daß wir uns verirrten. Auf diese Weise würden wir zumindest ein paar von den vorgeschriebenen Sehenswürdigkeiten sehen und doch Abenteuer erleben. Wäre jeder auf sich selbst angewiesen, so würde ich nie eines der historischen Denkmäler finden und Alden würde nie etwas Interessantes zustoßen. Wir planten also eine Fahrt durch Frankreich für den nächsten Herbst.

Meine Aufgeschlossenheit allem Neuen gegenüber inspiriere ihn, sagte er. Und eines Abends, mit einem von Zuneigung leuchtenden Gesicht: «Wenn man wie ich immer alles vorbereitet, so hat das den großen Nachteil, daß man nur eine falsche Bewegung zu machen braucht und schon denkt man, die Welt gerät aus den Fugen. Letzte Woche, als ich meine Schlüssel verlor, dachte ich, das wäre das Ende, erinnerst du dich? Während du – du bist im Grunde nie auf etwas vorbereitet und wirst deshalb auch viel besser mit dem Leben fertig als ich. Wenn du nicht bei mir gewesen wärst, hätte ich die Waffen gestreckt. Ich hätte eine Riesensumme für den Schlüsseldienst bezahlt. Ich wäre nie in dieses Restaurant zurückgegangen und hätte unter dem Stuhl nach den Schlüsseln gesucht. Letztlich bist vielleicht du diejenige, die vorbereitet ist, und ich bin bloß übervorbereitet. Du bist ein sehr lehrreiches Beispiel für mich.»

Wie schön, daß etwas, was mir selbst immer als Charakterfehler erschienen war, als Vorzug betrachtet wurde. Ich selbst hatte es leidlich satt, immer meine Schlüssel und meine Brieftasche zu verlieren. Natürlich war ich ein Experte im Wiederfinden. Alden aber sah darin Anpassungsfähigkeit, geistige Beweglichkeit, Leichtigkeit. Das träge, vage Gefühl, das ich mein ganzes Leben lang gehabt hatte, war plötzlich für etwas gut, eine Tugend geworden.

Meine Aufgabe war es, ihn aufzuheitern. Ich ging mit ihm tanzen. Und wenn die Bedienung in einem Restaurant zu wünschen übrigließ, drangsalierte ich ihn so lange, bis sich seine Laune wieder gebessert hatte. Ich sah uns als Lehrer und Schüler. Von Alden lernte ich meinem Leben eine gewisse Form zu geben; ich lernte, was richtige Arbeit in der Welt bedeutet und wie man seine Energie einsetzt, um einen Plan zu realisieren. Ich erkannte, daß ich meinen freien Lebensstil beibehalten konnte, deshalb aber nicht unordentlich zu sein brauchte. Ich räumte meinen Schreibtisch auf. Ich fing an, meine Rechnungen pünktlich zu bezahlen. Ich kaufte ein Notizheft, brachte alles, was ich gelesen hatte, in ein System und trug die Aufzeichnungen, die ich gemacht hatte, zusammen. Schon vor einem Jahr hatte Pete davon gesprochen, den Laden umbauen zu wollen. Er hatte mich gebeten, ihm Ideen, die ich vielleicht dazu hätte, zu skizzieren, aber ich nahm ihn nie wirklich ernst. Jetzt tat ich es jedoch. Ich fertigte ausgeklügelte Pläne an, die fast alle Petes Beifall fanden.

Von mir lernte Alden, sich treiben zu lassen und das Leben zu genießen, auch ohne strikte Spielregeln. Unsere besten Seiten, fand ich, waren zum Vorschein gekommen. Die Verschiedenheit unserer Temperamente erschien mir wie das Spiel von Licht und Schatten in der Kunst. Es gab Augenblicke, in denen ich den Eindruck hatte, ich sei Aldens Spielzeug, doch das störte mich überhaupt nicht, da er in gewissem Sinn auch meines war. Er war ein Spielzeug aus einem anderen Land, und sein Leben war im Gegensatz zu meinem keine Reliefkarte voller Täler, Hügel und Moränen, sondern eine harte, schnurgerade Straße, die zu einer bestimmten Stadt führte. Alden mochte diese Reliefkarte. Es wimmelte darauf nur so von Seitenstraßen, die er noch nie genommen hatte. Ich hingegen war fasziniert von seiner schnurgeraden Straße. Wir hatten absolut nichts gemeinsam.

Hinter seinem angepaßten Äußeren verbarg sich ein Exzentriker. Ich hatte das Gefühl, daß es ihm guttat, wenn ich auf seine Marotten einging – war es nicht meine Aufgabe, ihn zum Lachen zu bringen und in Ekstase zu versetzen? Ich machte viel Aufhebens um sie: daß er das Schnurren einer Katze nachahmen konnte, daß er sich insgeheim davor fürchtete, sich zu rasieren, daß er beim Rasieren im Wohnzimmer umherging, um sich von dem Gedanken abzulenken, er könne sich den Hals aufschlitzen – er haßte nämlich elektrische Rasierapparate –, und daß er es verabscheute, Schuhe zu tragen. Diese Dinge, dachte ich, machten eine Persönlichkeit aus. Ich kam nie auf den Gedanken, daß sie für Alden Extravaganzen waren. Ich dachte, die Welt sei ein offenes Angebot: Wenn ich ordentlicher und Alden großzügiger würde, könnten wir für immer glücklich und zufrieden zusammenleben.

Eines Abends bat mich Alden, Platz zu nehmen, und sagte, er müsse sich ernsthaft mit mir unterhalten. Ich hatte angenommen, unsere Gespräche wären immer ernsthaft gewesen, aber ich hatte mich getäuscht. Ich setzte mich neben ihn auf das Sofa.

«Ich fände es besser, wenn du dich auf den Schreibtischstuhl setzen würdest», sagte Alden.

Ich ging durch das Zimmer und setzte mich auf den Schreibtischstuhl. Alden saß stumm auf der Couch. Dann fing er an zu sprechen. Er sagte, seine Frau komme nach New York. Wieso denn das, fragte ich. Ich hatte mir nicht viele Gedanken gemacht über Aldens Trennung. Man trennte sich, und damit war die Sache gelaufen. Auch Alden hatte nicht den Eindruck gemacht, daß er sich darüber den Kopf zerbrach. Es stellte sich jedoch heraus, daß sie kam, um wieder mit ihm zusammenzuleben – ein Versuch, die Dinge wieder in Ordnung zu bringen. Welche Dinge? Allein die Idee ver-

blüffte mich. Wenn etwas beim erstenmal nicht klappte, dann würde es auch beim zweitenmal nicht klappen.
Alden erklärte es so nüchtern wie ein Arzt, der einem beibringt, was mit einem los ist, wobei er weiß, daß er mehr weiß als man selbst und daß man ohne seine Ausbildung nicht imstande sein kann, es zu verstehen. Er sitzt hinter seinem Schreibtisch, wo die Fachleute sitzen, und vermittelt einem das Gefühl, ein ungezogenes Kind zu sein – man selbst und der Körper.
«Ich bin dir sehr dankbar», sagte Alden unter anderem. «Du hast mir sehr geholfen, etwas freier zu werden. Aber für mich sind eingegangene Bindungen verpflichtend, und eine Ehe ist eine sehr ernst zu nehmende Bindung. Es ist meine Pflicht, alles zu tun, was ich tun kann, es sei denn, ich erkenne, daß es völlig aussichtslos ist.»
Ich sagte kein Wort. Alden sprach daraufhin von seiner Frau. Sie hieß Eleanor und hatte ebenfalls Volkswirtschaft studiert. Es gab tausend Erinnerungen, die sie miteinander verbanden. Sie hatten gemeinsame Vorstellungen und Ziele. Obwohl sie sich in gegenseitigem Einvernehmen getrennt hatten, hatte Eleanor den Wunsch geäußert, sich wieder mit ihm zusammenzutun. Alden fand das sofort einsichtig. Als er mit mir zusammen war, erschien es ihm da auch einsichtig? Hatte er in all diesen Nächten, während ich ihn betrachtete und er alles für mich bedeutete, an seine Verpflichtungen gedacht?
Ich hatte noch nicht begriffen, daß Alden mich in die Rubrik «ein nicht ernst zu nehmendes Abenteuer mit einem unterhaltsamen Mädchen» einreihte und zu den Akten legte. Und ich hatte nicht begriffen, daß während all der Zeit, in der wir so glücklich miteinander herumtollten, Aldens reales Leben in dem, was er als die reale Welt betrachtete, sich völlig losgelöst von dem meinen abspielte. Einen Augen-

blick lang dachte ich, Alden hätte mich mißverstanden – hätte meinen Optimismus mit Oberflächlichkeit verwechselt. Ich dachte, vielleicht habe er die Tiefe meiner Gefühle nicht erkannt und sagte ihm deshalb, wie es um mich stand. Dies waren die geheiligten Worte – Worte, die alles schlagartig ändern würden. Alden saß inzwischen auf einem wackligen Stuhl, aus dessen Rückenlehne ein Stab herausgebrochen war. Er wiederholte, er sei mir sehr dankbar, die Zeit mit mir sei zauberhaft gewesen.

Ich sagte: «Aber ich meine es ernst, Alden. Ich liebe dich.»

Er sagte: «Du wirst darüber hinwegkommen.» Und ging.

Auf das Nachspiel dieser Affäre war ich nicht vorbereitet gewesen. Meine Verzweiflung schien nicht unter Kontrolle zu bringen. In dem Laden fand ich mich plötzlich auf der Toilette wieder, tränenüberströmt, bei voll aufgedrehten Wasserhähnen, damit Pete mich nicht heulen hörte. Es war kaum zu übersehen, wie schlecht es mir ging, Pete fragte mich, ob ich eine Woche freinehmen wolle, aber ich fand den Gedanken, mit meiner Verzweiflung allein zu sein, einfach unerträglich.

Welchen Unterschied machte es schon, daß meine Rechnungen nun pünktlich bezahlt wurden, daß mein Schreibtisch aufgeräumt war, daß der Laden nach meinen Entwürfen umgebaut wurde und daß Pete endlich erwog, mich zu seinem Geschäftspartner zu machen? Ich schaute nicht um mich, um festzustellen, daß aus meinem Leben schließlich doch noch etwas wurde. Ich wußte nur, daß meine Tage sehr lang und meine Nächte unerträglich waren.

Ich wurde von Teufeln heimgesucht, von deren Existenz ich keine Ahnung gehabt hatte: Kummer, Wut, Sehnsucht und schlichtes Verlangen. Ich unterdrückte jede Anwandlung,

Alden bei der Arbeit oder zu Hause anzurufen, ihn auf der Straße abzufangen, ihn zu stellen und zu zwingen, sich mit mir zu treffen.

Nach sechs Monaten abgrundtiefen Elends tauchte Alden wieder auf. Er klingelte eines Abends bei mir und kam herein. Er wollte sehen, wie es mir ginge. Er nahm an, es ginge mir glänzend, da ich doch so fröhlich, so optimistisch, so anpassungsfähig war. Ihm ginge es einigermaßen gut – «einigermaßen» sei das passende Wort, meinte er. Er und Eleanor würden versuchen, sich zu arrangieren. Keine einfache Sache, aber doch der Mühe wert. Anstrengungen, die man machen müsse, aber durch harte Arbeit lasse sich immer etwas erreichen. Dieser Besuch, meinte Alden, habe nichts zu bedeuten – eine Routineuntersuchung, die ein Arzt bei Gesunden durchführt. Alden inspizierte meine Bücher, meine Bilder, meinen Schreibtisch, genau wie an dem ersten Abend, als ich ihn getroffen hatte, nur daß er sich anscheinend ganz zu Hause fühlte. Die Selbstverständlichkeit, mit der er sich in meiner Wohnung bewegte, brach mir das Herz. Ich wollte die Worte des heiligen Antonius zitieren: «Warum fügt ihr mir solchen Schaden zu, wo ich doch keinem von euch irgend etwas zuleide getan habe. Zieht von dannen, und laßt euch im Namen des Herrn nie wieder hier blicken.»

Er zog von dannen, und das war das letzte, was ich je von ihm gesehen habe.

In meiner Straße lassen die Leute ihre Tiere frei herumlaufen. Ich lebe in dem schäbigen Ausläufer einer Straße mit Stadthäusern, die früher einmal sehr elegant waren. Vor einem Haus lag ein x-beiniger irischer Setter, der gelernt hatte, mit seiner Nase das schmiedeeiserne Tor zu öffnen. Dieser Hund promenierte ganz allein die Straße rauf und runter und kam dann wieder durch das Tor zurück und verschlief den Rest des Tages auf der Türschwelle. Ein ziemlich dummes schwarzweißes Kätzchen hüpfte von dem Fenster des Erdgeschosses zu dem Fenster der Eingangshalle, kam man jedoch näher, so schoß es wie ein Wasserfloh davon. Das Kätzchen, das einem Komponisten gehörte, hatte schon beinahe in jedem Haus unserer Straße eine Nacht verbracht; immer wieder erbarmten sich irgendwelche armen Idioten, die dachten, es hätte kein Heim.

Dann gab es noch eine fette weiße Katze, die gewöhnlich morgens neben dem Gartentor ihres Besitzers saß. Alle bückten sich, um sie zu streicheln. Sie lief einem daraufhin noch die halbe Straße hinterher, kehrte dann wieder um und wartete auf den nächsten.

In den Wintermonaten, als die weiße Katze im Haus blieb, war meine Verzweiflung wegen Alden am akutesten. Als es dann Frühjahr wurde, fühlte ich mich langsam genesen. Und die Katze tauchte auch wieder auf der Straße auf.

Eines Morgens bückte ich mich, um sie zu streicheln. Ich kniete neben ihr und kraulte sie hinterm Ohr. Diese Katze war keineswegs wählerisch. Und es waren nicht meine Streichelkünste, sondern einfach eine ihrer Anwandlungen, die sie veranlaßte, in meine Arme zu springen und ihre Pfoten links und rechts von meinem Hals aufzulegen. Man ist nicht immer Herr seiner Gefühle. Die Katze leckte meine Wangen. Ich brach in Tränen aus.

Monatelang hatte ich in einer Höhle mit meinen eigenen kleinen Dämonen gelebt. Nun war ich bereit, in die Wüste zu ziehen, die Wüste, die mein Leben war, durch das ich mich schleppen mußte. Im Gegensatz zu dem heiligen Antonius beseelte mich kein Glaubenseifer, der mich gegen Schmerz schützte. Eine Kampfrunde mit dem Teufel bedeutet nicht, daß man gegen alle Versuchungen gefeit ist. Die

Tränen, die mir die Katze entlockt hatte, waren einfach Tränen des Neids um etwas, das ich nie wieder würde geben können, diese kopflose, spontane Zuneigung, diese hungrige, ziellose Verfügbarkeit, diese Unschuld.

985/9–9 b

Robyn Davidson
Spuren *(5001)*

Margaret Drabble
Gold unterm Sand
Roman (4262)
Porträt einer Tüchtigen *(4928)*

Françoise d'Eaubonne
Das Geheimnis des Mandeplaneten
Ein Science-fiction-Roman (4253)

Isabelle Eberhardt
Sandmeere 1
Tagwerke im heißen Schatten des Islam (5231) Oktober '83

Monika Feth
Examen *(4569)*

Barbara Frischmuth
Die Klosterschule
(4469)

Consuelo Garcia
Luis im Wunderland
Roman (5049)

Charlotte Perkins Gilman
Herland *(4607)*

June Goodfield
Kopfwelten
Die Geschichten einer Entdeckung (5098)

Evelyne und Claude Gutman
In der Mitte des Betts
Roman (4143)

Christine Haidegger
Zum Fenster hinaus
(4494)

Aritha van Herk
Alle meine Schweine
(4968)

Sylvya Hoffmann
Kältetraining *(4892)*

Maryse Holder
Ich atme mit dem Herzen *(4620)*

Margit-Heide Irgang
Einfach mal ja sagen
Eine Geschichte (4767)

Eva Jones
Dreizehn
Roman (4413)

Diana Kempff
Fettfleck
Roman (4666)

Sarah Kirsch
Die Pantherfrau
Fünf Frauen in der DDR (4216)

Alice Koller
Inselzeit
Roman (5075)

Liv Koltzow
Die Geschichte des Mädchens Eli
Roman (4323)
Lauf, Mann! *(4879)*

Joyce Reiser Kornblatt
Zerschnittene Fäden
(5014)

Margot Lang (Hg.)
Mein Vater
Frauen erzählen vom ersten Mann ihres Lebens (4357)

Violette Leduc
Die Bastardin
Vorwort von Simone de Beauvoir (4179)

Aïcha Lemsine
Die Entpuppung
Ein Entwicklungs-roman (4402)

Doris Lessing
Der Sommer vor der Dunkelheit
Roman (4170)

Vilma Link
Vorzimmer *(4382)*

Margaret Logan
Eine Tour zum Horzont
Auf Rädern von Paris nach Rom (4794)

Lizzy Sara May
Vater und Tochter
(4244)

Blanche McCray Boyd
Trauer über den Tod der Magie *(4480)*

Margaret Mead
Brombeerblüten im Winter
Ein befreites Leben (4226)

Isabel Miller
Patience & Sarah
Roman (4152)

Kate Millett
Im Iran *(5062)*
Fliegen
Flying (5156) Juni '83

Herdis Mollehave
Le und die Knotenmänner
Roman (4689)
Lene
Roman (5086)

Toni Morrison
Sehr blaue Augen
Roman (4392)

Maria Nurowska
Jenseits ist der Tod
Roman (4781)

Karin Petersen (Ma Prem Pantho)
Ich will nicht mehr von dir, als du mir geben magst
Monate in Poona und Oregon (5147)

Erika Pluhar
Aus Tagebüchern
(4865)

Helma Sanders-Brahms
Deutschland, bleiche Mutter
Filmerzählung (4453)

Emma Santos
Ich habe Emma S. getötet *(4161)*

Herrad Schenk
Abrechnung *(4424)*

Maria Scherrer
Pas de deux
(4918)
Silbertrompete
Roman (5110)

Cornelia Schmalz-Jacobsen
Klimawechsel
Berichte aus dem politischen Parterre (4713)

Majorie Shostak
Nisa erzählt *(4978)*

Victoria Thérame
Die Taxifahrerin
(4235)
Die Pianistin
(4958)

Märta Tikkanen
Wie vergewaltige ich einen Mann? *(4581)*
Die Liebesgeschichte des Jahrhunderts
(4701)
Aifos heißt Sofia
Leben mit einem besonderen Kind (5166) Juli '83

Ester Tusquets
Aller Sommer Meer
(4519)
Die Liebe ist ein seltsames Spiel
(4989)

Maria Wimmer
Die Kindheit auf dem Lande *(4291)*

Sandra Young
Ein Rattenloch ist kein Vogelnest
Geschichte einer schwarzen Jugend (5188) September '83

Gabriele Wohmann

913/7

2072/2